ヴェネツィア便り

Kaoru Kitamura
北村薫

新潮社

ヴェネツィア便り

目次

装画／謡口早苗
装幀／新潮社装幀室

ヴェネツィア便り

麝香連理草

こうと思っていたものが、意外な面を見せることがある。

子供の頃、わたしはスイートピーを、スイトピーと覚えた。大きくなってから、スイートな豆だ——と知り裏切られたような気がした。日本風にいうと麝香《じゃこう》連理《れんり》草《そう》——になるのも、妙にご大層だ。

しかし、わたしが趣味を持ったのは植物ではない。蝶だ。大人になるまでこの趣味を持ち続けると、海外にまで採集に出掛けるようになる。会社の休暇をまとめて取り、南洋の奥地に分け入った。

蝶の収穫はなかったのに、油絵具をぶちまけたような花々の中に、スイートピーの変種を見た。大人の掌《てのひら》ほどの花が、ただひとつ、太い茎の先端に咲いている。欲目に、一瞬、蝶かと思った。色濃い紫に、桃色の点々がある。かなり離れたところからも、ねっとりとした香りを運んで来る。

暑い。芳香に酔ったような気になり、近くで滲み出す汗を拭いていると、ばさりという音がした。振り返ると、小さい猫ほどの鼠めいた動物が倒れ、首のところに先程のと同種の花が一輪、散っている。豆科植物らしいゼンマイのような蔓《つる》が喉元に伸びている。まるでとまっているようで、ふと、ぞっとした。追い立てられるように、視線を先程の花に戻すと、太い茎の先に、それはなかった。

わたしは、首が自由に飛ぶ化け物の昔話を思い出した。子供のころには、あれが心底、恐ろしかったものだ。

背中で、ばさりと音がした。

誕生日

アニヴェルセール

七月二十七日

心中《しんじゅう》をしようと、まあ、そういうわけだ。鎌倉が相手にふさわしいか、鎌倉の相手に、こちらがふさわしいか。それはいわぬ、聞かぬ。ここがやられたら、その時が身の終わりだ。

体がこのようになったら、清涼《せいりょう》な高原にでも行き身を養うのが決まりだろう。だが、もとより、世に執着《しゅうちゃく》はない。いっそのこと、東京で業火《ごうか》に焼かれたかった——とも思う。

敵機は今朝方《けさがた》、ちらりと影を見せたばかり。静かな一日だ。川崎辺りは、相当ひどくやられたらしい。どこにいようと、一日一日、滅びへの道を歩いていることにかわりはない。

このご時勢に俺など、とんでもない役立たずだ。しかし幸い、俺は長男ではない。真島《ましま》の家は、同い年の輝美《てるよし》兄さんが背負っている。役立たずでもいられる。

兄と俺。

遠い昔は、双子が喜ばれなかったらしい。真島の家は、元亀天正《げんきてんしょう》の頃から続いている。ご先祖様は、重い甲冑《かっちゅう》に身を鎧《よろ》い、赤や金の陣羽織《じんばおり》をまとい、旗差し物に囲まれ、西に東に転戦していた。そんな頃から、我が家では双子の生まれる例が度々あったという。

物心つく——というのは、いつのことか。兄も俺も、おぼろな心が、人間のものらしい形を取り出す頃は、パリにいた。父が大使館付の武官《ぶかん》だったから、三年ほどを彼の地で過ごした。

日本の家に百人いる使用人も、連れて海を渡るわけにはいかない。選ばれた何人かが、行を共にした。その中に、女中頭のお菊《きく》がいた。子供の目には、大変な婆さんと見えたが、実のところ、それほどの年でもなかったのだろう。

そのお菊が話してくれた。

「寿家《ひさいえ》さまが弟君です」

七つ八つぐらいまでは、鏡を見るように似ていた俺と兄だ。どちらをどう考えれば、上になり下になるのか、まことに不思議だった。

運命は紙一重《かみひとえ》。明治の御代《みよ》に、太政官布告《だじょうかんふこく》だったか何だか、双子の兄弟なら先に生まれた方が上と定められたそうだ。定められればこれが法。法は人を縛る。おかげで、こちらは心安らかでいられる。

浦の苫屋《とまや》に住む身なら、そんなことはどちらでもよかろう。だが華族の家ともなれば、これが大問題になる。侯爵《こうしゃく》の位も、無論、兄一人しか継げない。貴族院議員になれるのも兄だけだ。

とはいえ、小さい子に、そんな世俗の計算などない。ただ、単純に不思議だったのだ。

お菊は大人だから、幼いうちに不平不満《ふへいふまん》の芽を摘み取っておこうと、

「先に、お生まれになったのが輝美さま。ですから、お兄さま」

子供にも分かりやすい。何となく、双子は並んで生まれて来るような気がしていた。そ

れが違うと分かった。

自分は今、息をし、ものを見、動いている。この世にいつかやって来たわけで、最初に時の戸を叩き、開けてもらったのが兄だったのだ。

パリでの思い出は、どれもこれも楽しいものだった。フランスびいきの父が、フランスで暮らせるようになったのだ。当主の喜びが、家の喜びとなって溢《あふ》れてもいたのだろう。

フランス人の使用人達とは、ほとんど言葉を交わすことはなかった。その代わり、美しい言葉を話すアンリエットという先生がついていた。青というより水色に近い目をした人だった。その瞳に、どこか悲哀の色があった。貴族としての礼儀作法、会話の術《すべ》は、この先生に教わった。パーティなどにも、アンリエット先生と一緒に出掛けた。公園や森にも、先生と出掛けた。

東洋の子供はどれも同じに見えたろう。まして双子だ。それなのに先生は、俺と兄とをよく見分けてくれた。時にじれる兄よりも、宝石のような落ち葉を拾うと走って行って捧げる俺に、より多くの微笑《ほほえ》みをくれた気がする。

俺の人生で、最も幸せだったのは、あの頃かも知れない。

それぞれ変わる季節の情趣《じょうしゅ》も、俺は日本のそれではなく、まずパリの空気の移ろいから味わっていた。

そういえば七、八年前、海外写真家の作品を収めた小型本を、銀座の書店で手に取った。その頃は俺も、まだ自由に出歩けたのだ。

ぱらぱらめくると、たまたまアルバン・ギヨーという女流写真家の一枚が目に入った。

何の変哲《へんてつ》もない、郊外の風景だった。遠くまで広がる空き地。手前には、はしごを横にしたような門が、こちらとあちらを隔てている。冬枯れの木々が右手を覆い、遠くの枝は黒い繊毛《せんもう》のように煙っていた。左手の空には陰鬱《いんうつ》な雲が広がっている。その空気の感じが、いかにも彼の地らしい寒々としたものだった。

俺は思わず、

……ああ、フランス……。

と、つぶやいてしまった。その写真の中に入って行きたかった。

だが今、俺は、蒸し蒸しと暑い日本の夏にいる。脂汗が、胸元を伝う。夏には、冬が懐かしい。

ジョリス＝カルル・ユイスマンスの書いた『ア・ルブール』という小説がある。いくら読んでも終わることのない、呪術的な本だが、その中に、こんな一節があった。夏の盛り、主人公が毛皮にくるまり雪橇《ゆきぞり》に乗り《寒い寒い》と繰り返すのだ。

手に入らぬものを求めるのが人間だが、心の階段を踏み外せば、存外、希望の地に行き着けるのかも知れない。

俺がギヨーの写真を見てから、数年後のことだ、パリ陥落は。ドイツ軍の攻勢に、軍人達が沸き立った。虐げられるフランスが、アンリエット先生に重なった。

だが滅びの坂を下っていたのはどちらか。運命の掌を返せばたちまち、晴れが土砂降りとなる。パリ以上の無残な運命が、やがてベルリンのものとなった。

ヒトラー窮死《きゅうし》の報を、兄は戦地でどう聞いたろう。少なくとも、新聞はあらん限りの美《び》辞麗句《じれいく》で飾った。アレキサンダー大王もナポレオンも裸足で逃げ出す大英雄という扱いだった。その隣に、敵艦轟沈空母《てきかんごうちんくうぼ》二隻撃沈《げきちん》という文字が勇ましく躍っていた。これほどまでに敵艦を沈め続けているというのに、空襲の激しさは増すばかりだ。

何かがおかしい。

新聞の活字は単なる活字だが、東京も大阪も焼かれているのは、厳然たる事実だ。その前には赫々《かくかく》たる戦果の報も、空騒ぎの笛や太鼓と聞こえる。焦土は俺の肺の暗黒のように、広がって行く。

七月二十八日

ベッドで、思う。

東京の家には、モネやセザンヌが飾られていた。何枚かは軽井沢に運んだろうが、ほとんど灰燼《かいじん》に帰した筈だ。

俺達一家がパリにいたのは、いわゆる泰西名画《たいせいめいが》を買うのが、上流階級の流行りになっていた時代だ。絵が好きな父が、時と所を得た。その目で選んだあれこれを、手にいれる喜びは格別だったろう。

日本に戻った俺は時折、それらの絵を眺め、パリでの生活を懐かしんだ。絵画は、切り取られた四角いフランスだった。また、洋書屋をめぐったり注文したりして、あちらの本を集めては読んだ。

兄は違っていた。メリメやネルヴァルのページをめくる俺を、文弱《ぶんじゃく》の徒と罵《ののし》った。しばらくすると、フランス語も忘れたようだ。

帰朝を境に、ひとつ川の流れが堰かれ、二つに割れ、その勢いも水の色さえも変えるように、兄と俺は別人になっていった。さながら、一日が引き裂かれ、兄が昼、俺は夜を受け持つといった塩梅《あんばい》に、色も温度も違って来た。

兄の方は、大名華族《だいみょうかぞく》の跡継ぎだから軍人になるしかない。地位は人を作るというが、どんどん俺の元気を吸い取っていった。十五、六にして早くも、

——真島輝美は、末頼もしい傑物《けつぶつ》。

と、いわれるようになった。

子供の頃から見知っている俺からすれば、空威《からい》張《ば》りの底の浅い奴だが、世間はそうは思わない。

一方、俺はますますいじけ、うちの中で本ばかり読むようになった。体格もアポロと老人のように変わり、並んで立っても双子と思われぬようになった。

そもそも、軍人になるのは俺の性に合わない。そうだ、いじけるというより、むしろ本性と向かい合うようになったわけで、望むところなのだ。

だから、同じ組の奴から、

「双子は、後から生まれた方が兄になる」

といわれた時も、むしろ、

——それでは困る。

と、思った。

そいつは、黄色い犬歯の発達した意地悪そうな口元を歪め、

「先に、腹に入って子となった方が、後から生まれる。これが理屈だ」

といった。

そんな付け足しは別として、ただ《後から生まれた方が兄……》ということだけは、お菊に聞いてみた。パリの頃より、白髪の増えたお菊は怖い顔をして、

「そのようなことを、決して口に出すものではありません」

と、答えた。真島の家が揺らぐと思ったのだろう。とんだ取り越し苦労だ。

「誰にもいわないさ。ただ、いわれれば気になる。それだけのことさ」

お菊は眉を寄せ、

「……昔はそんなこともいいました。遠い時代のことです。今のお国の決まりが正しいのです。よけいなことを耳に入れるものではありません」

父が亡くなり、兄は二十で真島家を継いだ。大名華族の他家から姫君を貰い、名実共に立派な跡取りとなった。

一方、俺の方は胸に悪い影が見つかり、体をだましだまし生活するようになった。

照り輝いて美しいのは確かに兄の方で、輝美という名にふさわしい。しかし、こちらは、真島の家を寿《ことほ》ぎ、その弥栄《いやさか》を祈るような男でもない。ベッドに横になりつつ、

——なぜ、父は、俺にこんな名を付けたのか。

と、考える。

真島の家の子としては、兄が本体で俺が影だ。しかし、俺からすれば、当然のことながらこちらこそ本体である。存在とは何か。見る人の数だけ、物の姿はあるのだろう。

例えば、俺は、エドガー・アラン・ポーをボードレールやマラルメの訳で読み、耽溺《たんでき》する。だが、原作のページをめくると、

――本当にポーか？

と、とまどうのだ。同じ名の別の街に踏み入った気になる。

――これではアッシャー家も崩れまい。

とさえ思ってしまう。

無論、先に原作を読んでいれば違ったろう。大鴉《おおがらす》の《またとはない》という、無限の否定も《ネヴァモアー》と鳴く方が、それらしく陰鬱だろう。だが、俺の大鴉は《ジャメプリュー》と繰り返す。

俺にとってのエドガー・アラン・ポーが、ボードレールやマラルメの操る言葉でしかないなら、ポーとは何者か。本体とは一体なんだろう。

さて、ポツダムでの会談の結果、米・英・重慶《じゅうけい》政府による、日本降伏の条件が出されたとのことである。料理の皿を前に、ナイフ、フォークが手に取られたということか。まとまらぬことを考えつつ、午睡《ごすい》を繰り返した。

夜の風は涼しい。

七月二十九日

この鎌倉の別邸は、小さいが住みやすい。こちらを、俺のものとして貰うことにしたのは、だが実は、壁の絵のためだ。

居間にあったのを、寝室の壁にかけている。ギュスターブ・モローの水彩だ。

父の審美眼《しんびがん》には、ひとつの筋が通っていた。東京の家にあったものも、ただ《泰西名画展覧会》に並ぶような名前を揃えたわけではなかった。

このモローを入手し、日本まで持って来るについては、それなりの物語があったと思う。画題がまた劇的だ。「サロメ」である。

踊りの褒美《ほうび》に何でも与えるといわれた彼女は、預言者ヨカナーンの首を所望《しょもう》する。恋すれど応《こた》えぬ男の首を、斬って渡せといったのだ。

画面は斬首《ざんしゅ》後の、異様な情景《じょうけい》。ヨカナーンの首は宙に浮き、滴《したた》る血が八方に広がったとも見える異様な光輪に包まれている。喀血後《かっけつご》の顔を鏡に映したような蒼白《そうはく》の面が、眼下のサロメを見つめている。ヨカナーンは死に行く者ではなく、すでに死んでいる。

見上げる半裸のサロメの瞳に浮かぶのは、どうにもならぬ道を歩き、ここにしか来られぬところにたどり着いた恐怖か。

それは、見る者の心次第、健康次第というしかない。

東京の家に飾られた多くは風景画、静物画だ。つまりは人に見せて、当たり障《さわ》りがない。

絵のうちにいかなる葛藤《かっとう》があろうと、訪れる客は、それらを侯爵家にふさわしい装飾と思って眺めることだろう。

モローは違う。父は、「サロメ」をこちらに運んだ。納得の行く判断だ。

武人であり鑑賞家でもあった父は、やはり大きな存在だった。一人、別邸の居間の長椅子に腰掛け、これを見る時、父の胸には、どのような思いが去来したのだろう。

その父も今は、絵が東京と鎌倉に分かれたように、兄と俺との不完全な半身ずつに分かれた気がする。

ユイスマンスの書いた『ア・ルブール』は、世間との拘《かか》わりを断ち、家にこもって暮らす主人公の物語だ。面白いことにその作中で、ユイスマンスは、モローの「サロメ」について語っている。

全くの偶然から、この難解な書を読み始め、そこに至った時には驚いた。誰かに紹介された女性が、実はずっと家にいた——と知るようなものだ。

とはいえ、ユイスマンスの見た「サロメ」は、同一構図の別作だ。モローは、同じ画題を様々に描く。素描《そびょう》あり、水彩あり、油絵もある。

ひとつの到達点に至るため、習作を重ねることは、どの画家にもある。しかし彼の場合は、それぞれに完成させてしまう。どの道から入っても行き着くところがあるのだ。それこそ、ギリシア神話の多頭の蛇ヒドラのように、表情を示す顔がひとつではない。

サロメの身を飾る宝玉《ほうぎょく》が、ヨカナーンの首から発せられる妖しい光を受け、この世のものとは思われぬほどに輝く。ユイスマンスは、その様を、言葉の群《む》れが立ち上がるように活写する。薪の、ガスの、アルコールの、星の、それぞれの火の瞬き——と。

我が家の壁のサロメは、それよりも深く闇に沈んでいる。見比べたら、ユイスマンスは何というだろう。ヨカナーンを見つめるサロメの目から、何を読み取るだろう。

ともあれ、何人もの兄弟姉妹を持つ絵の、仲間がありつつ孤絶《こぜつ》するそれとこれを、パリと鎌倉で、彼が見、我が見ることは奇妙で面白い。

それぞれの目が見つめる時、ギュスターヴ・モローの中に我らの存在は溶け、ユイスマンスも真島寿家もひとつの混沌《こんとん》となるのだ。

そんな気がする。

食欲は相変わらず、ない。もっとも、なくて幸せか。配給の米もほとんどは、何かの粉になっているという。野菜を買っても、法外《ほうがい》な値段だそうだ。

鰹《かつお》が手に入ったとかで、刺身のかけらを口に入れる。

七月三十日

朝から警報。頭上を、轟音《ごうおん》がずんずんと行き過ぎる。その下で俺は、血を吐いた。

敵機が大挙して関東各地を襲い、どこもかしこもなす術なくやられているようだ。赤は、火の色か血の色か。

近頃では敵艦隊が、人なき野を進むがごとく近付き、艦砲射撃《かんぽうしゃげき》さえ加えて来るという。

ドラクロアに「サルダナパールの死」という巨大な絵がある。アッシリアの王、サルダナパールは暴政《ぼうせい》を敷いた。そのため、反乱が起こる。自決のやむなきに至った時、彼は全てを道連れにするといい、溢れる財宝を焼き砕き、愛妾達《あいしょうたち》皆を目の前で殺させる。阿鼻叫喚《あびきょうかん》の地獄《じごく》図を、ただ一人底知れぬ静けさに沈み、虚無の目で見つめるサルダナパール。俺には何の力もない。だが、自らの死を目前にした時、世の黄昏《たそがれ》も近づく。俺が滅びるため、全てが道連れになるようで、ぐらぐらと目がくらむ。

——歴史とは即ち、俺個人であったのか。

だが、無論、事実は違う。世が俺に殉死《じゅんし》してくれる筈もない。それなら、俺が世に殉死するのだろうか。

何百とも知れぬ敵機が、頭の上を越えて行く。轟々《ごうごう》という音から、その絵が浮かぶ。終わりなく続く映画のようだ。

息をするだけでも疲れる。感じるのが、体の熱なのか、夏の温気《うんき》なのか分からなくなる。ドラクロアの豪奢《ごうしゃ》な破滅《はめつ》の色が、頭の中を攪乱《かくらん》させる。意識が混濁《こんだく》する。

壁の「サロメ」が、目に入っては消える。自分がサロメになってヨカナーンを見上げたり、ヨカナーンになってサロメを見下ろしたりする。

サロメはいう。

——あなた、……とうとう、そうなっておしまいなのね。

水底に響くような声だ。ヨカナーンは、青い瞳に向かっていう。

——先生、あの頃に帰るすべはないのですか？

気持ちのいい感触……。うっすら目を開くと、付き添いの娘が、俺の顔を拭《ぬぐ》ってくれていた。布は、冷たい井戸水で濡らしてある。

窓は開け放たれ、風が部屋を抜ける。

「……お気付きになられましたね」

かすかに頷《うなず》く。娘は続けた。

「何度も、おっしゃっていらっしゃいましたよ。……わけの分からないことを」

娘らしく、くすりと笑う。それが嫌みではない。俺も思わず笑って、

「……何と……？」

娘は、若々しい口元を動かした。

「……ジャメプリュー、……ジャメプリュー……と」

七月三十一日

今日は俺の誕生日だ。

昨夜は駿河湾《するがわん》にまで、アメリカ艦隊が入って来たという。清水《しみず》が艦砲射撃されたらしい。

敵が、日本という家の庭先を我が物顔に闊歩《かっぽ》している。しかしながらラジオは、相変わらず、

——我が方の損害軽微《そんがいけいび》。

と告げるばかりだ。

鉄道があちらこちらで分断され、人の行き来もままならない。

こんな誕生日を迎えようとは、何年か前には夢にも思わなかった。もう、幾つになったと数える気にもならない。二十と三十の間を少し越えたというところか。いずれにしても、来年の今頃、俺はこの世にいないだろう。

というよりその頃、はたしてこの世は、まだあるのだろうか。

ツェッ、ツェッと舌打ちするように鳥が鳴いている。

滋養《じよう》があるというスープを、少し飲む。

うつらうつらとしたまま、夜に入る。熱気が収まり、過ごしやすくなる。

県警察部から、

――敵の上陸が、あるやも知れぬ。

という警告が出た。

「アメリカが、襲って来るそうです」

と、娘は顔色を変えている。

「……危ないとなったら、わたしのことは構わない。アメリカか病《やまい》か、……どちらに殺されるかというだけの話だ」

娘は、数千隻の大艦隊が北上中だという。どこから聞いた噂か。本当なら、さぞ壮観《そうかん》だろう。話半分としても穏やかではない。いよいよ、滅びの時が来るのか。

「わたしはともかく、家のことが心配です。母や弟がいるものですから」

「好きなように逃げなさい」

虫が鳴いた。飛行機が来ない分、今日は静かだ。

——七月三十一日。

一人になって、誕生日のことをふと思った。その時、忽然《こつぜん》とある考えが湧いて来た。

——ジュイエ。

これだけ長い間、気づかなかったのが不思議だ。

俺の名の《寿家》を読み替えれば、フランス語の七月になる。馬鹿馬鹿《ばかばか》しいような偶然《ぐうぜん》だ。死ぬ前に気づけた。生の崖っぷちの危ういところで、こんな暗合を拾い上げられたのが面白い。

しばらく、その単語を口の中で繰り返した。曜日や月の名は、最も初歩《しょほ》のフランス語で習うものだ。

アンリエット先生の唇《くちびる》が、

——ジュイエ……。

という様を思った。その頃、気づいていれば、まだあどけない声で、

——それ、ボクの名前なの。

と、いえたのに。

——惜しいことをした……。

しかも、兄と同じ七月生まれなのに、《寿家》は俺だけのものなのだ。強がってはいても、心のどこかで俺は、

——兄に多くを奪われた。

と、思っているのだろう。

我がことでも心というのは、計り知れない。俺だけの《七月》。これは心地よい発見だった。

飴玉《あめだま》のように、《ジュイエ》という音を転がした。

そのうちに思った。

——偶然……だろうか？

フランスを愛した父が、この響きに気づかぬ筈はない。しかし、意識して付けるなら、ただひとつの《寿家》、《七月生まれ》は、俺よりも兄に与えられる筈だ。

そこで、雷のようにある考えが落ち掛かって来た。

——フランス語には、月の数え方がもうひとつあるではないか。

革命暦《かくめいれき》。

普通のものとは微妙にずれる。そちらでいえば、七月三十一日は、熱月《ねつづき》に当たる。太陽暦七月下旬から八月中旬辺りになる筈だ。熱月とは、

——テルミドール。

かっと身が燃えた。

間違いない。兄の《輝美》という名は《テルミ》つまり、《テルミドール》なのだ。

——どういうことだ。待て、——すると俺は《七月の子》で、兄は《七月下旬から八月中旬の子》か。

となれば、ことは明らかだ。二人の生まれた時が合わせた掌をずらすように、左右に分かれて行く。兄の誕生日が動いて行く。俺は七月に留まり、兄は八月の方へ。そうだ、俺

は七月三十一日深夜、時計が十二時を指そうという頃に生まれた。そして兄は、その針が円の天頂を過ぎ、八月一日となってから生まれたのだ。

真島の家では、代々、双子の場合、後から生まれたものが跡取りと決まっていたのだろう。それは、戦国の昔から受け継がれて来た、動かし難い、家の決まりなのだ。国法と違うとなれば、形を整えなくてはならない。

それでなくても双子の誕生日が違っていたら、ややこしい。だから同日生まれにして《輝美が兄》と届け出たのだ。

憑《つ》き物《もの》が落ちたようにすっきりした。胸まで楽になった。

知らぬながらに俺は、そんな世俗の駆け引きを、冬なら冷気、夏なら熱気に包まれるように感じ、落ち着かなかったのだ。

無論、侯爵の位は俺のものだと地団駄《じだんだ》踏む気など毛頭《もうとう》ない。わけが分からないのが嫌だったのだ。兄には、

――ご苦労なことだ、有り難い。

と、感謝する。

双子だろうと何だろうと、あちらはあちらだし俺は俺、そんな当たり前のことが、今までは素直に胸に落ちなかった。

どれだけの生が残されているか分からぬが、今日が俺の、本当の意味での誕生日《アニヴェルセール》になった。今日こそ、俺が俺を見つけた――記念日《アニヴェルセール》なのだ。

参考文献

『さかしま』J-K・ユイスマンス　澁澤龍彦訳（河出文庫）
『大佛次郎　敗戦日記』（草思社）
『モロー』（朝日新聞社）
『海外作家五十人集』（東京朝日新聞発行所）

くしゅん

1

結婚式の日はよく晴れてて、あれが十一月の今頃で、結婚記念日がこの間、過ぎたんだから、もう一年とちょっと経つわけだよね。朝なんか、すっかり冷え込むようになったけど、でも、ほら、今年の夏は、やけに暑くてさ、おまけにクーラーの具合が悪くなったりしたから、いらいらしたわよ。もう、そこら中開けて、換気扇点《つ》けて、ぐるんぐるん回しても、お日様が出てる間はどうしようもなくってね。普段なら、うちの中にずっといるのが落ち着くのに、あの時はさ、買い物に行って、スーパーに入ると、もう帰りたくなったよ。

台所に置いとくと、生ゴミでもなんでも、たちまち腐っちゃった。あの時は本当に嫌だったな。ちょっと経つと、すぐ臭った。黄色いゴミの袋から、なんだかどろっとした汁が溢《あふ》れ出ててさ、フロアの上に蛍光灯の影——と思ったら、どろりとしたそいつなんだよ。そこに、蟻が這《は》ってたりした。動いてた。

三階なのにね。どうやって、ここまで来るのかな。エレベーターには、乗らないんだろうね。

わたしが、悲鳴をあげたら、お前、蟻より弱いかっていったわね。戦って負けるかって。

そりゃあ、一対一で負けもしないけど、そういう問題じゃないよ。

夜中になれば、ちょっとは増しになったけど、でも、でもそれでもさ、空気が、日なたに置いた洗面器の、水みたいだった。どろん、としてた。

そいつが流れても、風なんて感じじゃなくってさ。ただ、もわっと嫌らしいものが、体をくるんでたよ。

クーラーの業者も、猛暑で手一杯でさ、休み明けないと来ないっていうんで、あなたが怒ったっけね。

いらいらして、にゃおりを蹴《け》とばした。にゃおりは猫だから、体に毛が生えてて、そりゃあ見てるだけでうっとうしいかも知れない。でも、可哀想だったよ。ねえ、にゃおり。

今年は、いつまで経っても、夏が終わらないと思ってた。どこまで続くんだろって。それがさ、ちょっと涼しい風が吹き出したと思ったら、たちまち、これでしょ。あっという間に寒くなっちゃった。

まだ暑い時の方が、にゃおりに起こされるの、楽だったな。

四時とか、三時とか、早いと寝たばっかりの二時には、爪をばりばり立てに来る。あなたが気が付いて目を覚ますと、また怒鳴られるから、わたしはびくびくしてる。心の三分の一ぐらいしか寝てない。

《来たな》と感じた瞬間は、びくんと起きる。

そして、台所に行って、にゃおりのお相手だよ。わたしが側に行くと、にゃおりは安心して、おトイレをするよ。小さな音が聞こえる。その始末をしているうちにも眠くなって、頭が重くなってね、あぐらをかいたままで、ふらふらと体が揺れる。一秒だけと思って目を閉じると、途端にがくんと首が落ちて、もげそうになる。気が遠くなりそうに眠いんだよ。

でも、暑い時は良かったんだよ。今の、三時、四時は寒いもの。震えてしまう。ぶるって。

にゃおりのせいで、よく寝られないんだ――なんて、本当のことというと、あなたが不機嫌になる。

――馬鹿か、お前は。どっちが主人なんだって、怒鳴る。

わたしの心臓は、ぎゅうっと縮む。肺だって、押さえ付けられたように苦しくなる。息がつらいよ。だから、そんなこといえやしないんだ。

結婚する前は、あなたも猫が好きそうだったのにね。前、うちにいた猫が、にゃおらっていったんだ。

どことなく、昔のにゃおらに似てるんだ、この子が、わたしになついてさ。ねえ、二人になっても飼ってもいいでしょっていったら、にこにこしながら、――全然オッケーっていってくれたのにね。今は、いい顔してくれないね。

会社とかで、色々、ストレス溜《た》まること多いからだろうね。

あなたを送り出して、うん……そこまでは、元気に、元気そうにしてるよ、わたし。だけど、頭がぐらんぐらんして、眠くて、朝の片付けなんか出来なくて、あなたがいなくなると、取り敢えず、突き倒されるように、プリン色の簡単ソファで寝てしまう。

にゃおりは、明るくなれば大丈夫。邪魔しないよ、横のカーペットの上で気持ち良さそうに眠ってくれる。

めちゃめちゃに我がままになって、起こしに来るのは、夜なんだよね。だから、わたし、夜、眠れない。

昔っからじゃないよ。わたしは、ずっと早寝で、夜は熟睡していたんだよ。そういう体だった。だから、そのね――夜の眠りを、鼠に、頭から胸からお腹から、たかられるみたいにして、ばりばり齧《かじ》り取られちゃうと、同じ時間、別に寝ても駄目なの。

悪い鼠は、猫が追っ払ってくれるといいのにね、でも、にゃおりは役に立たないんだ。そういう役にはね。

わたしがさ、旦那様が出かけてから、ぐうぐう二度寝してるところを誰かが見たら、いい御身分だと思うんだろうな。ううん、本当に、いい御身分なんだろうな。

でも、足りないよ。寝たりないよ、頭がくらくらするよ。

結婚する前は、にゃおりもこんなじゃなかったのにね。結婚する前は、あなたもこんなじゃなかったしね。

2

あなたはね、フロアに置いた、柔らかな黄色の簡単ソファに寝転がってね、野球なんか聞いてるんだ。

――抜いたカーブ決まった、ストラーイク。

なんてね。

まだ始まったばっかり。もう少しすると、テレビでもやり出すけど、それまではラジオでチェックするんだって。

ナイターに合うのって、ビール、枝豆、冷や奴だと思っていたら、こんなに涼しくなってもやってるのね。アジア何とかだって、――大事な試合だっていうんだ。日曜日だっていうのに、二人でいるっていうのにね。

簡単ソファって、ほら、ちょっと固めのスポンジみたいなので、出来てるの。椅子の背が低い。フロアに、そのまま足が伸ばせる。楽だよね。

楽でしょう、あなた。

たまにはさ、静かに囁《ささや》くように歌ってる曲とか、聴かないかな。昔は、そんなこともあったような気がする。だけど、何か、何ていうか、そういうことが、伝説っていうか、どっかの国の言い伝えみたいに思えるな。変な感じ。

ラジオではトランペットが鳴ってるよ、アナウンサーと解説の、大きな声の向こうで。

その上に、わっと歓声が上がって、

――ブロックをくぐり抜けました。見事に足を入れました。

って、叫んでる。

点が入ったんだ。あなたが腕を突き上げてる。《敵に》じゃないんだ、こっちの得点だ。

おめでとうだね。

チーズ切って、ビール出してあげた。あなたは、暑さ寒さに関係なく飲むし、やっぱり、ウーロン茶ってわけにもいかないでしょ。で、ね、晩御飯。

メインは鶏の唐揚げ。今、下味をつけてるよ。あと、茄子《なす》を蒸してるよ。お汁はシジミ。とんとん小口切りのネギを入れた。ガス台の上に並んだお鍋《なべ》が二つ。火がとろとろ。

テレビ放送が始まる頃から、少しずつテーブルに運んで、最後に《わたし》も運んだ。わたしのことは、お盆にのせない。自分だから、自分の足で運んでいくよ。そして、

——出来たよ。

って、叫ぶ。

あなたは、ようやく立ち上がって、ビールの缶とコップを持って、テーブルに来る。眼はテレビに向けながらね。

あなたも、わたしも、お箸《はし》を取ったよ。あなたは、食べながら、ずっと画面を見てるのね。何が口に入って行くか、分かるかな。分かるかな。

あなたが手を叩《たた》くところで、わたしも、面白がれるといいんだけどな。でも、面白くないから面白がれない。面白がれない、面白くない女でごめんなさい、すみません。

——ビール。

って、あなたがいうから、わたしは立って冷蔵庫に行く。開けると、ひやっと冷気が溢《あふ》れる。

わたしは、暑がりの寒がりなの。今日の昼間は、お日様が出て、暖かかった。だから、まだ片付けてなかった、ちょっと古いTシャツを着たんだよ。紺に白の花模様。それで十

分だったよ。

でも、夕暮れ前にね、お日様はあっさり雲の向こうに隠れんぼ。それから、どんどん冷えて来た。

オレンジ色の半纏《はんてん》が出してあったから、それ着たけど、でも、ビールの缶、つかんだ途端に、指先から、何だか変なぞくりが伝わって、背筋が震えた。

――うっ、くしょんっ。

クシャミをした。

椅子に戻って、ビールをぽこぽこと注ぐと、あなたが、

――色気がなくなったな。

と、いった。

――え？

――クシャミさ。

わたしは、半分、分かったような気がしたけど、分からないような顔をして、首を少しだけ傾けたよ。

――前はさ、《くしゅん》っていったよ。あれ、ちょっと可愛かったぞ。

わたしは、《ふふ》といった曖昧《あいまい》な笑みを浮かべた。でも胸の中で、ひゅうっと、冷たいものが吹き抜けたみたいだったよ、本当はね。そのまま、顔を伏せて、お箸で茄子を挟んだら、ぐにゃりとしたわ。

あなたは、御飯が終わると、あんなに一所懸命見てたテレビをパチンと切った。そして、

立ち上がって、

――ビデオ屋、行って来る。

――駄目よ。飲んだから。

――歩いてだよ。その方が、気分いい。

ふらっと出て行く。

やることが遅くて、まだ食べてたし、《わたしも……》と、いい出すきっかけもなくて、やっと、

――寒いよ。何か、ひっかけていかないと……。

そういったら、

――これぐらいが、丁度いい。酔い醒《ざ》ましだ。

と、あなたは、もう玄関。

3

一人いなくなるとね、部屋の明かりが、その分だけ暗くなるようだわ。

たちまち、足に毛の感触がからみついて来る。どこに行ってたの。

「……にゃおら」

と、何だかいってしまって、ああ違うんだ、と思い出したわ。

――にゃおらはね、わたしが子供の頃から二十五ぐらいまで、うちにいたんだ。――い

たんだということは、もういないんだ。今は昔じゃない。わたしは若くないし、この子は、別の子だ。

フロアに膝《ひざ》を突き、しゃがんで、にゃおりの抜け毛の多い背中を撫《な》でる。指に、毛が煙のように貼り付いて来る。にゃおりは、わたしの膝に手をかけるよ。

ベージュのチノパンを通して、にゃおりの鋭い爪の先を感じたわ。

——痛いよ、にゃおり。

肌に薄く食い入る。血が出たかな。血が出たかな。

でも、わたしのせいなんだ。爪を切ってあげてないからね。何だか、あれもこれも、面倒になってしまって、爪を切るのが遅れてしまう。今だって、足の先が冷たいのに、面倒だから素足にスリッパのまま。こんなだもの。ごめんなさいね。

だから。にゃおりは壁で爪研ぎする。あなたが怒る。にゃおりは、びゅっと逃げる。そんな日が多くなった。

にゃおりは、わたしの膝に上って来る。ずしりと重いな。居場所を見つけたというように、我が物顔に座るよ。わたしが腕で囲んでやると、その輪の中から上に伸びをして、口を大きく開けたわ。

大あくびだね。あああああー。

そういえば、あくびの仕方を教えるっていう落語があったっけ。のんきなお話。

——のんき、のんき、のんきはいいな。

にゃおりを抱いていると温かいよ。湯たんぽをくるんだようにしていると、とろんと眠たくなる。

夢なんだか、どうなんだか、――頭の中にあることか、目の前のことなのか、境目が急にぼやけて来るよ。

わたしは、ぼやけた中を、にゃおりと歩いてる。見えるのは、江戸時代みたいな、というより映画撮影用の――江戸村とか、ああいった町並みだよ。

にゃおりは、昔の町人のような格好をしてる。それで立って歩いてるのに、誰も変だと思わないんだ。

「ここだ、ここだ」

って、にゃおりがいう。

「えっ？」

「ほら、そこだよ、そいつを探しに来たんだろ」

見ると、柱から横棒が出ていて、そこから木の看板が下がってる。絵が描いてある。目を寄せて口を開けて、クシャミをしている顔だ。頭はちょんまげだよ。上に、大きな筆文字で《くしゃみ指南所》と書いている。それを読むと、そうだ、なるほど、わたしはここに来るところだった、という気になるわ。

引き戸を開けると、ひんやりした土間があって、なぜだか右手の方に古めかしい乳母車が置かれているんだ。

向こうは板の間になっている。掃除が行き届いていて、板が光っている。つやつやした木目が見えるよ。

その先は、薄暗い障子になっている。

「ほら、来たぜ」

障子に影がさして、するすると開く。

「お待ちしておりました」

昔の書生さんみたいな姿で、顔を出したのが、ああ、にゃおらだったんだ。わたしは、目を丸くした。

でも、にゃおらの方は平然と板の間に出て来て、いったん四つん這いになった。そして、ぐうんと背筋を伸ばした。それから、ぺたんと座り後ろ足で頭を掻《か》いた。

「あら、お前」

というと、《いけない、いけない、猫をやってはいられない》、といった様子で、にゃおらは、すっと立ち上がる。そして、こちらに一つ頷《うなず》いて見せたわ。どうやら、《付いて来い》と、いうらしい。

わたしは、にゃおらとにゃおりに挟まれて、長い廊下を歩いたの。

途中の坪庭にはね、色々な木が植えられていたよ。春夏秋冬の花が咲いて、黄色い実や赤い実がなっていたんだ。ヒヨドリらしい声が、盛んに聞こえてた。

一本の木には、鳥じゃなくて女の子が登っていた。後ろを向いてたから、顔が見えない。でも懐かしい背中だったよ。声をかけようとしたら、木の幹が大蛇のようにするするって伸びて庇《ひさし》を越えてね、女の子の姿は見えなくなったんだ。どこかから、《危ないよ、この子ったら》という声がしたわ。

それがきっかけのように、急に明るくなった。気がつくと、鉄色の大きな瓶《かめ》が、植え込みの前に置かれていて、その水面が輝いていた。日が差したから、輝き出したのか、水から光が溢れ出して、辺りを明るくしたのか、どちらか分からないんだよ。

透き通った水には、茎のぷっくんと膨れたホテイ草が浮いていた。自前の浮袋を用意しているような、面白い水草だわ。瓶の中には、金魚が何匹か、大きな振袖《ふりそで》のような鰭《ひれ》を動かしながら、ゆらゆらと泳いでいる。鰭が水面に当たると、水が揺れる。

外がそんな風に明るくなるとね、逆に廊下の先が暗く見えるよ。

歩いて行くと突き当りが階段。そこを上って行く。にゃおらもにゃおりも身が軽い。

「待って。――ちょっと待って」

二階には、窓のない廊下が続いていた。お化け屋敷のような闇を抜けると、奥に部屋があったの。八畳ぐらいの和室。

床柱を背に、男の人が座ってた。

床の間には読めない文字の、くすんだ掛け軸が掛かっていた。男の人は、和服ではなく、古めかしい背広を着てたわ。虫よけの薬の匂いのするような服。鼻の下に、大きな八の字の髭《ひげ》があったけど、わたしにはそれが付け髭だと分かったよ。

男の人は、手に持った扇子で私を招いたわ。

「――待っていたぞ」

わたしは、座布団に正座した。脇から、にゃおらが擦り寄って来て、にゃあと口を開いたわ。

「随分と、お待ちになったのですよ」

――ああ、そうなんだ。

わたしの、芯《しん》のどこかから、涙がずんずんと込み上げて来たわ。

「馬鹿、泣く奴があるか。子供じゃあるまいし」

男の人がいうので、わたしは、

「はい」

と、背筋を伸ばした。どうやらこれから、修行しなくてはいけないらしいのよ。

男の人が扇子を動かして、いったわ。

「ではまず、お前達、やってみろ」

気が付くと、にゃおらとにゃおりは、わたしの左右に座っていた。猫の姿ではなく、小学生の頃、嫌いではなかった男の子――吉竹《よしたけ》くんと君崎《きみざき》くんの姿になっていた。そんな名前、とっくに忘れていたのに、ふうって浮かんで来たよ。

二人は、子供らしい声を揃えて、

「はっくしょん」

と、いった。クシャミというより、朗読のようだったよ。

「なかなかよいぞ。では、もう一度」

「はっくしょんっ！」

男の人は、機嫌よく笑って、膝を打ったわ。にゃおらとにゃおりは、さっと両手をついて頭を下げ、顔を上げると御礼のつもりなのか、外国の聖歌のようなものを、伸びのある美しいボーイソプラノで歌ったわ。

いつまでも続くようだったし、短いようでもあったの。歯医者で、順番を待つような気分。そのまま、歌が続いていればいいと思ったよ。

歌が終わると、いよいよ、わたしの番になったんだ。座布団の上で、両手のこぶしを膝に置いてね、

「――はっくしょん」

というと、男の人は難しい顔になった。

「いかんいかん」

「さっきは、これで褒められていたわ」

すると、にゃおらとにゃおりは、人間の姿のまま、身をくねらせながら、

「女の子だろ」

「女の子だろ」

と、声を重ねたの。

「そんなのずるい」

男の人は、困ったような顔をして、ちょっとやさしい声になったわ。

「まあ、いいかな。もう一回、やってみなさい」

わたしは、座り直して、気持ちを整え、

「くしょん」

「少しはよくなって来たぞ」

「少しはよくなって来たぞ」

「くしょん」

何回か、同じことをしているうちに、にゃおら達は部屋の隅に寄って、寝ちゃったよ。くうう、くうう、という寝息が聞こえるよ。

「もっと声を抑えて、――身をかがめるようにしてやってごらん」

「……くしゅん」

「おお、――それだ、それだ」

「くしゅん、くしゅん……」

「上等、上等！」

男の人は、身を乗り出した途端に付け髭が落ちそうになり、あわてて鼻の下を押さえたんだ。正体が分かったら、大変、大変というようにね。

わたしは、いったの。

「ねえ、……こういう風にすると、出かけて、止まってしまうクシャミもありそう」

男の人は、はっとして、それから、ちょっと苦しそうにいった。

「……それでいいじゃないか」

「そういうクシャミはどこに行くの」

ちょっと間を置いて、答えがあったわ。

「生まれなかったクシャミの国に行くんだよ」

ああ、そうだった、そういう決まりだった……と、わたしは思い出したの。

青白い空気に閉ざされたその国、赤ん坊の格好をした、生まれなかった、いいえ、生まれることの出来なかったクシャミ達が寒そうに震えながら、手を握りあっているんだ。

「その子達を、《はっくしょんっ！》という、大きなクシャミにならせてあげたいよう。はじけるようなクシャミに」

男の人の髭は、いつの間にか、どこかに消えていたよ。やさしい懐かしい顔が、哀しそうに頷いている。そしてね、鼻の詰まったような声が、答えてくれたんだ。

「……そうかい、……そうかい」

4

わたし、いつの間にか、父の名を、――四年前に亡くなった父の名を、刻むように切れ切れに、つぶやいていたわ。

ぎゅっと締め付けられて、苦しくなったのね、――にゃおりが、かすれた声で鳴いたよ。

白い本

「芸大の美術館で『夏目漱石の美術世界展』というのをやっている、面白そうだよ」と、先にいったのはわたしなのだ。でも先輩は、聞き流した。それなのに何日かあと、友香《ゆか》ちゃんが同じことをいったら、《いつ行く？　今でしょ》という顔になった。友香ちゃんは

「七月七日、――七夕までですよ」なんて、可愛くいってる。隣にわたしがいる。さすがに間が悪かったのか、先輩はこちらにも声をかけてくれた。「もう昨日、見て来ちゃいましたよ」というのは簡単だ。実際、そうだったし、三人で行っても嬉しくないのは分かっていた。でも、どうしてなんだろう。わたしは頷いてしまった。

初めてのような顔で、会場を見て回った。《馬鹿なこと、やってるなあ、あたし》と思った。

二人はまだ、上野で見るところがあるという。美術館の入口で別れた。わたしは、地下鉄を乗り継ぎ、神保町《じんぼうちょう》に出た。見慣れた店が並ぶ、懐かしいような街だ。

お店の前の平台で、しばらく前から気になっていた歌集を見つけた。若い女の人の本だ。《嬉しいな》と思いながら、平台から抜き出す。表紙が白いのに汚れていない。手にとって開くと、《謹呈》という紙が挟まれていた。送られた人が、そのまま古書店に出したの

だ。ぱらぱらめくって行くと、真ん中あたりで、へちまのような形に折れた栞紐《しおりひも》と出会った。右と左のページに紐の跡がくっきりとついている。読まれることなく、ここに来た本なのだ。その栞の跡を見た時、驚くほど強い感情が込み上げて来た。

中の何首かは知っていた。美しい言葉の並ぶ本なのだ。読んでさえもらえれば。

わたしは、つぶやいていた。

「間違った人のところに行ったんだね」

そして、その白い本を抱きながら、《わたしは読む。――わたしが読む》と、思った。

大ぼけ　小ぼけ

めったにない名前で得なのは、覚えてもらえることだ。

大学時代、同じ語学のクラスに我寿丸クンという男の子がいた。ガジュマルといえば沖縄あたりに生えている木だ。それから頂戴して、当て字にした名前だ。生命力がある――のかどうか知らないが、とにかく親が、その木を気に入ってつけたに違いない。《我》に《寿》だから縁起はいい。

姓の方は忘れた。顔の記憶もぼやけて来たが、それでも我寿丸という三つの文字だけは記憶の闇の中で燦然と輝いている。

わたしが、今の旦那と初めて会った時、名刺を見て、彼は「変わっ――」と、いいかけて、いい直した。

「――珍しいお名前ですね」

――塩子。

こちらは、その反応に慣れている。毎度のことながら簡単に由来を語る。

「実家が、瀬戸内の方でずっと製塩業をやっていたんです。わたしが生まれた頃、それが打ち切りになりました。で、子供の名前に残しておこうと――」

小さい頃は親を恨んだものだ。母親は、あっけらかんとしていった。

「色の白い子になったのは、きっと名前のおかげだよ」

そんな筈があるものか。いい迷惑だ。

しかし、営業の仕事に就いてみれば、こういう名前もひとつの財産だった。本題に入る前の簡単な、場をなごやかにする話題になる。そして姓の方を忘れられても、《塩子さん》という名は、割合に覚えてもらえる。

旦那との出会いの時も、ただ名刺のやり取りの挨拶になる筈だったが、

「しおこさん……で、よろしいんですか？」

「はい」

「そうか。えんこ、だと塩の湖になりますからね」

世界で一番有名な塩湖は、ヨルダン川が流れ込むあそこだ。いい名前ではない。

「死海ですね」

塩に縁があるから調べたことがある。すると、旦那は——江藤さんは穏やかな顔で嬉しそうに笑った。

「行ったことあります」

「そうなんですか！」

神秘的な湖——が本当はどういうところか、その眼で見た人から聞いてみたい、と思った。実は江藤さんが、そう思わせる人だった。仕事の用件がすんだ後、一緒に食事をしつつ、塩湖の話を聞かせてもらうことが出来た。

色の白さはさておき、塩子でよかったと思ったのは、その時と、

「塩はさ、人間にはなくてはならないものであって――」

と妙に持って回ったところから求婚された時だ。あちらが五十代半ば過ぎ、こちらが四十代に入ったところだった。《残り物には福がある》という感じで、待っててよかったと思った。


旦那は旅好きだけれど、五十を越してからは、もっぱら国内の方に味を見いだすようになったそうだ。

「フランス料理のフルコースよりお茶漬けがよくなるようなもんだ」

「単に衰えてるだけじゃないの」

「こいつ、――そのおかげなんだぞ」

「何が」

「金髪美人じゃなくて、お前を選んだの」

「馬鹿なこといってる」


わたしも仕事を続けていた。二人の都合がつけば、よく旅に出た。

この春には、新幹線で岡山に出て一泊、そこから特急で瀬戸大橋を渡った。四国に向かうのだ。


仕事の出張だったら本でも読みながら越えたかも知れない瀬戸内海だが、旦那と二人で波と島々を見つめた。

「ここの海から、お前の先祖が塩を取ってたわけだ」

「取ってたっていうと、泥棒みたいね」

「じゃあ、製塩業にいそしんでたわけだ」

阿波《あわ》池田《いけだ》の駅で降りる。そこから大歩危《おおぼけ》渓谷の船下りに向かった。

変わった名前は覚えられる。四国の代表的な観光地、大歩危小歩危もまた、その仲間だ。

四国三郎といわれる急流、吉野川が山々を削って作った渓谷である。あまりに急な崖が続き、大股で歩くのも危ない、小股で歩くのも危ない。そこで、こういう名がついたそうだ。

遊覧船に乗って、両岸にそそり立つ峡谷美を堪能する。スケールの大きな風景を見上げながら、旦那がいう。

「なるほど、こりゃあ歩いて越えるのは大変だ」

「それにしてもさ、歩くのが大変だから《歩危》とは、ちょっと気がつかないわね」

「まあね」

「ガイドさんがいってたわね、《阿波の三馬鹿》。あれ、面白かったわね」

徳島の名物だ。まず、いわずと知れた《阿波踊り》。《踊る阿呆に見る阿呆》。続いて、この《大歩危小歩危》。本来の意味は違うが、音の響きからこれも数える。そして最後が《鳴門の渦潮》。これが《左巻き》だそうだ。真偽のほどは、しみじみと見ていないから分からない。

「いや、俺はさ、あれ聞いて《三馬鹿》って言葉が、いつからあるのかと思ったよ」

「どういうこと？」

「俺達が子供の頃、テレビで『3ばか大将』って番組やってたんだ。アメリカのテレビ映画だ。ドタバタ喜劇なんだけどさ」

「ふーん」

旦那は、そこでいきなり歌い出した。

「――うっひっは、へんちょこりん。へんちょこりんのどんぷかどん。おいらは3ばか大将だ」

本当に、そんな歌詞だったのかどうかは分からない。かなり、アレンジされているのではないか。わたしは肩を叩いて、

「やめてよ。……あなた一人で十分、馬鹿大将になってるわよ」

旦那は不満そうに、

「聞いたことないか、これ？」

わたしは首を振る。十五年違うと、子供時代の記憶は全く嚙み合わない。わたしが追いつけるのは、せいぜい『ウルトラマン』か『仮面ライダー』ぐらいだ。

岩場に上がったところで、旦那は何かまだ口の中でぶつぶつ繰り返している。

「――ラリーだ、モウだ、カーリーだ」

「何よ」

「いや、3ばか大将の名前なんだ。これがね、最初の放送では、ラリー、モウ、カーリーという名前になってたんだ。でも、後の放送だとあだ名に変わってね、確かモウが《から威張り》で、カーリーが《石頭》……」

あとの一人が思い出せないらしい。つまらないことが気になる人なのだ。

「名前って面白いわね。あなたが江藤だったでしょ。危ないところだったのよ」

「何が？」

「佐藤でなくてよかったの。わたし、子供の頃から、《お前が、佐藤さんと結婚したら面白い》っていわれてたの」

旦那様はきょとんとしていたが、ややあって、

「そうか、サトウ・シオコか」

「ええ。ま、それに比べたら、3ばか大将の名前なんか、たいした問題じゃないわ。二人分かってれば十分よ。わたしね、子供の頃、家族から石頭だっていわれてたのよ」

彼は、またけげんそうな表情になり、それから笑って、《こいつめ》とわたしのお尻を軽くぶった。

「俺は《から威張り》じゃないぞ」

遍路（上）

二十年ぶりで中学校の同窓会があった。来年には還暦を迎えようという秋だ。

定年を前にすると、過去を振り返ることも多くなる。敬二の父は、そういう頃、安物の茶道具セットを買って来た。はるか昔のことである。敬二はまだ大学生だった。

父は、いった。会社に同好会のようなものがあり、そこに顔を出しているのだ——と。

「何か趣味を持たないとな」

そう付け足した。酒も飲まず、遊びもしない真面目一方の父だった。会社に行かなくなると暇をもてあます。

茶釜も買って来て、庭で湯を沸かしていた。柿の木が色づいていた。その葉に向かって湯気が上がった。新品の釜は、使う前に、何かを入れて煮立てなくてはいけないのだ——という講釈を聞いた。入れるのが何だったかは忘れてしまった。

父は、母や敬二を前にして、ぎこちない手つきで何度か茶を点《た》てた。だが、湯はガス台にヤカンをかけて沸かしたものだった。せっかくの釜は、とうとう床の間に置かれたままだった。

退職後の楽しみの筈だったが、辞めて数カ月も経つと、父は茶器に手をのばさなくなった。

敬二は、思った。

――好きでたまらなくてやるのが趣味だろう。趣味を持たなければ、という発想には無理がある。

その父が亡くなり、後を追うように母が逝ってから、かなりの年月が流れた。そして今、自分が六十という年を迎えるようになった。そうすると、父の気持ちがよく分かる。

小学校を終えれば先に中学校があった。座る席が見えていた。自分で考えなくとも、あしなさいこうしなさい――といわれた。だが職場を去った後の生活は、霞がかかったようにぼんやりしている。自分は、どう毎日を送っていくのか、はっきりしない。

そんな時期に同窓会というのは、なかなかタイムリーだ。同世代の仲間は、どんな顔をして六十を迎えようとしているのだろう。出席の返事を出し、待つともなく待っているうちに当日の土曜になった。

「カジュアルでいいのね」

妻の洋子が、ズボンからシャツ、ジャケットまで揃えてくれる。敬二は、着るもののことなど全く考えない。いつも通り、洋子の出してくれるものを、そのまま着て出た。

遍路（下）

中学の同窓会は、敬二の生まれ育った、埼玉の町で行われた。就職するまで、ここで過ごした。菩提寺が埼玉ではないから、やって来るのも前の集まり以来だ。

かなりの盛会で、恩師の先生方も五、六人、元気な顔を見せてくれた。昼からの同窓会は椅子席だったが、四時頃から料亭に移り、二次会になった。畳に座布団の方が、あれこれ話がはずむ。

ある女の子——といっても、中学生当時のことで、今は還暦目前なのだが——が、敬二の思い出を話してくれた。

「入学式が終わった後、廊下を歩いて行くのよ。どこに行くのかと思って聞いたら、図書室を探すんだ——って。入学式の日なんだよ。変わってるなあ——と思って」

全く覚えていない。だが、自分らしいと思った。今のように、どこにでも本の溢れている時代ではなかった。確かに中学に進む時の、最大の関心事はそれだったろう。真新しい制服を着て、廊下を歩いて行く自分の姿が見えるようだった。

女は専業主婦が多かったが、男はやはり定年間近だ。これからどうする——という話になった時、一人がこういった。

「俺と同期の奴はさ、辞めたら四国の八十八箇所を回るんだっていってる」

「へええ」

「ずっとやりたかったんだけど、まとまった休みが取れなかったんだってさ。あれって、ひと月以上かかるんだろう」

四国遍路のことはテレビなどでも、よく取り上げられる。待ち望んでいることがあるのは羨ましい。東京の家に戻る電車の中でも、その白装束が頭に浮かんだ。歩くことは、そのまま人生のようだ。

敬二は、今は妻と二人暮らしだ。家に帰ると、すぐ妻の洋子に聞いた。

「お遍路さんの笠に、《どうこうににん》って書いてあるだろ?」

同行二人——と書く。その文字が、妙に鮮やかに頭に浮かんでいた。高校の国語教師である洋子は、あっさりと答えてくれた。

「《どうぎょうににん》って読むのよ。お遍路さんは、一人で歩いていても、いつも弘法大師様と一緒だってこと」

「そうか……」

不器用な敬二は、俺にとっての《同行二人》は今までもこれからもお前だ——とはいえなかった。そう考えながら、帰って来たのだが。

ストレンジャー（上）

敬二も、いよいよ会社での最後の年に入った。偉そうな役職名は付いたが、文字通りの相談役、閑職であった。

——もう、いつでも辞められるわけだ。

皮肉っぽく、そう考えたりした。土日に出勤することもなくなった。

妻の洋子は高校の教員である。帰りが遅い。部外者が考えるように、夏季休業中、生徒と同じに休めるわけでもない。土曜もほとんど出勤だ。持ち帰りの仕事も多く、三、四時間しか寝られないことも珍しくない。よく体が持つと思う。

そういうわけで、今の敬二は土曜日、一人で過ごすことが多い。これまでなら、かえって、のんびりしたろう。だが、来年からこんなことが毎日続くのか——と思うと、妙に落ち着かない。

一人でテレビを観ていると、

——昔は白黒が当たり前だったなあ。

と、考えたりする。そういう画面で、洋画劇場を観たりした。淀川長治が解説していた。学生だった敬二は、邦訳題名から原題を想像し、当たっていると喜んだりした。

——今は、映画の題も、そのままカタカナにしちまう。味もそっけもないなあ。

ビールのコマーシャルをやっていた。そろそろ夏も近付こうという頃だった。泡の立ち具合は、さすがにカラーの方がうまそうである。そそる。

──枝豆でも買って来るか。

気分転換にもなる。枝豆は夜のおつまみだが、ついでに刺し身も買えば、昼のおかずになる。立ち上がって、スーパーに出掛けた。

梅雨入り前だったが、朝方には少しぱらつき、あがった後も空は暗い。

スーパーまでの道は、娘の今日子と一緒によく歩いたコースだ。その先が図書館になっている。左に曲がると田圃が続く。あぜ道から、電車の行き来が見えた。さらに先までも歩くこともあった。帰りが遅くなり、洋子に怒られたりした。

今日子は、就職して遠くの街にいる。それだけの月日が流れたのだ。敬二は、娘が生まれた日から今までの、様々な場面、言葉、表情を克明に覚えている。中でも、一緒に散歩した思い出は掛け替えのない宝だった。子供と一緒だと、大人が気にもとめない色々な驚きと出会った。

曇天のもと、ゆるやかに吹いて来る風も、どことなく昔めいている。敬二は、ふと左手の二階の窓を見上げ、──はっとした。

ストレンジャー（下）

高い窓の網戸をこじ開け、三毛猫が上から敬二を見下ろしていた。

一瞬に、十年以上前の春の日を思い出した。小学生の今日子と、この道を歩いていた。同じこの窓から、モルモットほどの大きさしかない子猫が顔を出していた。

「あっ」

と、声をあげたのは今日子だ。子猫は、世界を見るのが興味深くて仕方がない——という様子だった。

「あぶないよ。落ちたら大変——」

今日子は、手を握りしめて気を揉んだ。

「大丈夫だよ。猫は高いところが好きなんだ」

だが今日子の心は、そんなことでは休まらなかった。真面目で、一途なのは生まれつきだ。

「——もし落ちたら、お父さん、受け止められる？」

壁すれすれに低い塀が立っている。確かに手を伸ばせばキャッチ出来そうだ。敬二は、子猫のためというより今日子のために頷いた。その場に並んで、しばらく窓を見上げていた。子猫は、外を見るのに飽きたのか、やがて部屋の中に入ってくれた。やれやれ、と安心して、二人は歩きだした。

――あの時の猫だろうか？

だとしたら、十数年の月日が人間以上の重みを持つ。敬二は還暦を迎えようとしている。猫の方は、それ以上の老境に達している筈だ。

――落ちるなよ。

大人が一人で眺めているのも妙なものだ。敬二は、ややあってスーパーに向かった。帰りに見上げると、もう猫の姿はなかった。そうなると、行きに見たのが本当の猫の姿か幻想なのか、おぼつかなくなって来た。一歩一歩、足を運ぶうちにたまらない思いが胸を突き上げて来た。がらんとした家に着くと、洋子の帰りが、ひたすら待ち遠しくなった。

まるで、夫の帰りを待つ新妻のようだな――とおかしくなった。

昔、テレビの洋画劇場で観た映画に、こんなのがあった。――金目当てで結婚し浮気もした夫が、立ち直れないほど傷ついた時、最後にすがったのが妻の胸だった。題は確か『見知らぬ人でなく』。《見知らぬ人》の原語は《ストレンジャー》かな――と思ったら当たっていて、嬉しかった。夫が《助けてくれ》と泣くラストシーンが、不思議なほど鮮やかによみがえってきた。

そうだ、共に年月を過ごして来た二人は、ストレンジャーではないのだ――と敬二は思った。

よかったね（上）

「トイレが詰まっちゃったのよ」

と、洋子がいった。

試してみると、なるほど流れない。管の中にペーパーが溜まって、固くなったのだろう。娘の今日子がまだ本当に小さかった頃、まだ残っているトイレットペーパーをロールごと流してしまい、詰まらせたことがある。子供というのは思いがけないことをやるものだ。その時には、敬二が中に手を突っ込んで取り出した。

幸い、二階にも小さめのトイレを作ってあった。前の家にはそれがなかった。夜中に下まで降りて行くのが大変だったから、付けておいた。取り敢えずは、そちらを使えばいい。

「いろんなところにガタが来るなあ」

「家の方も、年を取ったからねえ」

娘が小学生になった頃、建てた家だ。あちらこちら、修理の必要なところが出始めていた。

敬二は会社を勤め上げ、いよいよこの春には退職ということになっていた。五歳年下の洋子は高校教師である。転勤するかも知れない——といっていた。人事のことは最後まで分からない。だが、もし移るとしたら、今度の学校が最後の職場になるだろう。

いいことだ——と、敬二は思った。同じ環境にいるのは楽だ。しかし、もう一度新たなスタートラインに立てる方が羨ましい。この年になると、切実にそう思う。前向きに仕事にぶつかって行く洋子だから、若返るような気がした。

「洗面台に使った薬は？」

髪詰まりした時、市販の薬剤を入れたら、比較的簡単に開通した。

「やったんだけど駄目なのよ。あの……煙突掃除に使うみたいなの、買って来られないかな」

くねくね曲がるものだ。商品名は分からないがイメージ出来る。煙突用は大げさだが、小さいサイズのものが、あるかも知れない。土曜日だったので、敬二は家にいる。分かった——と、頷いた。

近くのホームセンターに行った。十時の開店と同時に中に入る。ぐるっと回ってみたが、広過ぎてよく分からない。きびきびした感じの店員が歩いて来たから、こんな感じの……、とジェスチャーして見せたら、すぐに頷き、

「こちらにどうぞ」

と、連れて行ってくれた。それだけではなかった。

よかったね（下）

ありがたいことに、こう聞いてくれた。

「何にお使いでしょうか？」

敬二がわけを話すと、

「トイレの詰まりには、あまりおすすめ出来ませんね」

「そうですか？」

「ええ。陶器の部分がありますんでね、傷つけることがあるんですよ。薬液を使って、少しずつゆるめて行くのがいいでしょう」

プロらしい言葉が頼りになる。何より、一生に何度も使わない道具を買い込むより経済的だし合理的だ。すすめられた《強力》という、いかにも効きそうなラベルのついた薬液を買って家に帰った。

指定された量を注ぎ、三十分ほど置いておく。期待しつつ水を流したが、変化はない。溢れそうになったところで止める。

夕方になって、水の引いたところで、またやってみたが同じ結果だ。長い年月、U字管の空間を徐々に埋めていったものが、頑固に居座っているのだろう。敬二は、血管に溜まるコレステロールを連想した。

夕方、携帯が光った。敬二はずっと、メール機能なしの古いものを使っていた。三、四年前のクリスマスに、娘の今日子が新しい携帯をプレゼントしてくれた。退職目前の今は、一番のメール相手は妻である。開くと案の定、これから帰る——という連絡だった。

「薬がいいっていうんだよ」

帰って来た洋子に、事情を説明した。その日の夜、翌日の日曜と薬を入れてみたが、事態は改善されない。

月曜日、朝の早い洋子を送り出した後、薬液のポリ瓶を手に取る。残りわずかだった。これで駄目なら、もう一本買って来なければいけない。三十分経ち、水を流した。水位が上がって、溢れそうになりかけた時、思いがけないほど大きな音をたてて水が流れ出した。

——やったっ！

快感が沸き上がる。敬二は、大きくガッツポーズをした。まだ授業時間でもないし、必要な時以外は電源を切っている妻だ。メールしてもよかろう、と思った。

——午前七時二十三分、ゴオーという音とともにトイレ開通。

そう送っておいて、会社に出掛けた。

夕方、洋子からメールが入った。

——よかったね。

敬二は、妻からの簡単な文字を繰り返し見ては、微笑んだ。

三月となり、洋子の転勤も本決まりになった。

そこで心配になったのが、通勤手段のことだ。今までの職場は、車で二十分ほどのところだ。新年度から事情が変わる。電車を使わねば無理——という距離になる。

「段々、近くなるんなら、いいんだけどね」

気分的には、確かにそうだ。遠くの勤務地から年と共に、我が家に近づいて来る——というのが理想だろう。洋子の職業は高校教師だ。そこで敬二は、こういった。

「まあ、通う学校ってやつは、小学校より中学校、中学校より高校と——時が経つにつれ遠くなるもんだよ」

「変な理屈ね」

電車も一本では行けない。敬二たちの住んでいる町を走っているのは私鉄だ。それに乗って隣の市まで行き、ＪＲに乗り換えねばならない。

洋子はいつも、肩が抜けそうなくらいに重い荷物を持って出掛ける。自動車の間はよかった。電車通勤となると、この点も気になる。

——そんなことを考えている時、敬二の頭に、遠い夏の日の記憶がよみがえって来た。

小学生の娘も連れ、一家揃って、裏磐梯《うらばんだい》に出掛けたことがある。関東平野のじめじめした暑さから逃れ、清涼な高原の風に吹かれに行ったのだ。澄んだ空のもと、山々は紺色に染まっていた。点在する湖沼の美しさはいいようがなかった。

泊まったのはペンションだった。遅い朝食の後、お茶を飲んでいると、そこの主人が気さくに話しかけて来た。高校生の女の子がいる——という。場所が場所だから、疑問に思い、聞いてみた。

「下宿なさってるんですか？」

すると、サンタクロースのように太ったご主人は、柔らかな声で答えた。

「会津まで、送り迎えしているんですよ」

山から下るのだ。かなりの距離になる。自宅がそのまま職場になる人だから、そして奥さんとの連携プレーが完璧だから出来るのだろう。

——羨ましいな。

と、敬二は思った。

四季の山道を、朝に下り夜に上る。確かな振り子の揺れのように、それが堅実に繰り返される。送る者と送られる者が、仮にひと言もしゃべらずとも、行き来がそのまま会話といえる。

道（下）

四月になって、洋子の新しい職場への通勤が始まった。

敬二は、《毎朝車で、乗換駅のある隣の市まで送る》と提案した。洋子は、それを聞いた時、

「えっ？」

と、驚いた。

「家にいるようになったのも、《そうしろ》という神様のお導きだよ」

「大袈裟ね」

「いや、冗談じゃなく、毎日、この時間にこれをやるという——決まった仕事があるのがありがたいんだ。……生きてる感じがする」

こちらの方が、より大袈裟かも知れない。だが洋子は、突っ込みなどせず、《うん》と頷いた。

行きは隣の市のＪＲの駅まで、帰りは最寄りの私鉄の駅まで行く。意味のある仕事だと思えた。特にあわただしい朝の通勤時間を考えればそうだ。

最初の日、敬二はまさに新しい職に就いたように、快い緊張感と共にハンドルを握った。かなりの早朝だというのに、ウォーキングしている夫婦を見かけた。桜並木の道を、慣れた様子で歩いている。

「こんな時間から、ウォーキングしてるんだなあ」

ひと組ではなかった。

「早いうちにすませちゃうのよ。空気が綺麗だし、――通勤ラッシュになったら、のんびり歩けないでしょ」

「それもそうだな」

帰って来ると敬二は、JRの時刻表を取り出し、はたして洋子が何分の電車に乗れたのかをチェックした。夜になって、《今日は、あの電車に間に合ったんだろう?》などと聞くのも楽しみだった。

同じような時間に出ても、ちょっとした巡り合わせで、赤信号が続くこともある。そうかと思うと、《こんなにうまくいっていいの?》と口笛を吹きたくなるほど流れる日もある。生き物と付き合うように面白い。

そのうちに桜も散り、若葉の季節から梅雨、そして夏へと季節が動いていく。洋子の勤めるのも、残り五年だ。しかし、二人でいる限り、互いにまた互いの役に立つことを見つけられるだろう。

与えれば、より大きなものを与えられる。そして、与えられることが、そのまま与えることになる。並んで同じ道を歩むとはそういうことだと、敬二は思った。

こんな夢を見た。

自分は大きな座布団に座って、父を待っている。消毒薬のような匂いが、微かに漂っている。廊下には雨戸が閉めてあり、節穴から光がさしていた。

日が出ているのなら戸を開けるがいいと思っていると、父が来た。

自分の向かいの長押《なげし》には、ミレエの晩鐘の絵の、青っぽい複製画が掛かっている。薄暗い電灯が黙禱する西洋の農夫を照らしている。父はその下に座った。

わたしが手を突いて礼をすると、お前は幾つになったといわれた。

「七つになりました」

と答えると、その年になれば物の役に立たぬ筈はなかろうという。口惜しいので、無論でございますと答えると、それでは上総《かずさ》に行けといわれた。

「参ります」

「上総には海があるぞ」

わたしは、まだ生まれてから海を見たことがなかった。

「海とはどのようなものでございますか」

「波ばかりあるところだ。音といえば、ただ轟々という潮の轟きと、稀に千鳥が鳴くばかり。波が打ち返す海辺は、見渡す限り、砂の原だ」

「そのようなところに何の用がございます」

「うむ」

と、父は重々しく頷いた。

大きな眼が瞬く気配に、ふと上を見ると、晩鐘の絵の額にはいつの間にか、大きな眼が描かれている。太古の文字めいて、絵というよりは記号のようだ。睫毛《まつげ》は五本である。それを見てわたしは、ああ、うちは眼医者であった、と気づいた。

父はいう。

「上総の海辺の、砂の中に育つ茄子がある」

そういう話をいつか聞いたと思った。その茄子は、片手で握れるほどの大きさにしか育たぬ。塩のためか、あるいは砂地が水を保てぬせいだろう。

ただ茄子の肌の紺色は透き通るように深く、瑠璃《るり》のごとく美しいという。月の夜にだけ成長するので、そうなる。

「その茄子が、いかがいたしました」

額の絵の瞳が、この時、何故かうるんで感じられ、涙に似た海水が煙のごとき霧となって舞い降りて来た。

父は難しい顔をして続ける。

「安房《あわ》上総の眼医者にのみ伝わる秘法がある。その海辺の茄子を、正月、ごく上質の砂糖に浸ける。そして人知れぬ手を尽くし、寝かせ続けると、茄子の身は、てろてろと水に似た色となり、西洋菓子のゼリイのごとく変ずる。これが不治の眼病の妙薬なのだ」

医術は万人のものでなければならぬ。しからばわたしがその術を探りに、と身を乗り出すと、父はようやく微笑んだ。

その笑みを嬉しいものと思った時、自分はすでに果てしない砂浜にいた。

潮騒の遠鳴りがもの哀しく響いている。波打ち際は北に向かって、長い布を広げたように続いている。空は曇天。海の色もそれを映し、鉛のように味気無い。ただ波頭のみが白い。一方、右手には大きな船が鎮座して、視界をさえぎっていた。

自分は帯を締め直し、さくりさくりと、そちらに進んだ。白い砂に、貝のかけらが混じっている。ところどころに、紐や布の切れ端を無造作に投げたように、千切れた海草が転がっていた。

自分は下駄をはいている。草履よりも、こちらの方が歩きやすかろう、よかった、と思った。

船は、漁師が浜辺に引き上げたものと考えていたが、それにしては大きい。よほど大勢が引かなければ、ここまで上げることは難しかろう。

だが近づくにつれ、その船が使い物にならぬことが分かって来た。肝心の竜骨に損傷があるらしく、またところどころに穴も空き、船虫がせわしなく出入りしている。

廃船だなと思うと、摩天楼ほどにも見える大きさがかえって虚しく、寂しいものに思えた。

船は、浜に乗り上げた形で横たわっていた。艫《とも》の方が海を向いている。越えるのに近そうなのは舳《みよし》の方なので、そちらに歩いた。潮の香が背中を押す。

時をかけて、やっと舳《へ》先《さき》にまでたどり着いた。

視界を遮っていた巨大な木の壁から、顔を突き出すと、南の浜は北よりもゆったりと広い。空までもこちらは明るく、美しい風紋の作られた砂地に、無数の女の子がしゃがんでいた。

朝顔のような紫、蜜柑《みかん》のような橙《だいだい》、柿のような朱。様々な色の着物が浜に散っているのだ。女の子達は、色とりどりの蟹のように白い手で穴を掘っていた。

話に聞く潮干狩りというものであろうか。それにしては誰ひとり、熊手を持ってはいない。皆、同じような間隔で離れ、隣の者と話してはいない。無言である。だから歓楽の気配がない。着物の彩りこそ賑やかなのに、浜には滔々《とうとう》と寄せる波、轟々と鳴る風の音があるばかりだ。

男子が見知らぬ女の子に声をかけるなど、まことに節操のないことだ。あってはならぬ。しかし、自分には使命がある。小さくは、我が家の門を叩く武蔵相模の患者、広くは天下の眼病に悩む人々のためだ。

自分はさりげなく進んで、最も近くにいた娘に話しかけた。

「何を採っている」

娘は、自分と同じくらいの年格好だ。橙色の着物に襷《たすき》をかけている。大輪の菊の模様が金糸銀糸で縫い取りしてある。

娘は、背を向けたまま答えた。

「男じゃ」

なるほど所によって、潮干狩りも違ったものだと思った。

「上総の海辺ではどこも、このようなことをするものか」

「知らぬ」

轟々と風。

「男は、砂の中におるものか」

「おう。虫のようなものじゃからな。見つかれば這い出そうとする」

それにしては、どこにも掘り出している姿が見えぬ。

「這い出れば捕らえるのか」

「日の光の下《もと》に出て、まだ生きておるほどの男は、稀にしかおらん」

そういうものかと思った。

「眼医者の娘は、この浜におらんか」

「お紺さまのことか」

「名前は、しかと知らぬ」

そう答えたが、紺とは茄子の色である。してみれば、それに違いあるまい。前の言葉を追うように、そうじゃ、お紺さまじゃと続けた。娘は、相変わらずこちらに顔も向けぬまま、

「お紺さまなら洋装だから、すぐに分かるじゃろう」

といった。

自分は、下駄の先をきりきりと砂地に嚙ませ、背を伸ばし、広い浜を見た。しかし、それぞれの子が、色変わりの飴玉を撒いたように散らばっていて、どれが洋装やら判然としない。

「あまりに人が多すぎる。この様子で、安房の国まで繫がっておるのではなかろうか」

歩き出して、一々《いちいち》を眺めるのも、居並ぶのが女の子だけに面映ゆい。困っているのを背中で察した娘は、こともなげにいった。

「何、探したければ、お前も穴を掘ればいい」

それもそうだと、わたしはしゃがんで砂を搔いた。白く乾いたのは三、四寸ほどの深さまでで、更に掘ると砂は湿り気を帯び黒ずんで来る。

――埃は白いものなのに、雑巾で拭えば黒くなるとは、まことに不思議でございますねえ。

と、あえかにも澄んだ声がした。お紺さまの声と分かったから、自分は頼りなげな相槌を打つ。

「……なるほど」

――世の中のことは、何が白か黒か分からぬものでございましょうか。

「……さて」

砂を掘って行くと、右や左に女の指が動いている。我が眼は地の上にあるのに、穴の中が見通せるのである。だが、次々に現れる手は求めるものではない。それだけは、はっきりと分かる。

——お前さまには、見つけられますまい。

秋の野に蕭条《しょうじょう》とすだく邯鄲《かんたん》のように、薄緑の声がいう。それは身内にあるように近くて、しかし、遠い声だ。

「見つけられぬことがあるものか」

——それには長い時間がかかりましょう。

「自分はまだ、七つだ」

——七つを、お若いとお思いですか。

「それはそうであろう」

——光陰に若さを貪り食われぬ者はおりません。たちまちに百年が経ち百と七つ、千年経てば千と七つでございましょう。お前さまは、それまで生きていらっしゃいますか。

自分は憤然と答えた。

「無論だ」

穴を掘るうちに年月は流れ、浜の形さえ変わった。自分はいつしか、齢も分からぬほどの老人になっていた。もはや、この世の者なのかどうかも分からぬ。自分が何のために、ここへ来たのかも覚えず、何故《なにゆえ》、その人を探すのかも知れなくなってしまった。

そして自分は、もはや見えるとも思えぬ眼で、ある白い指を見た。濡れた砂の中なのに、全く汚れていない指だった。

——お前さま。

指は腕に繋がり、腕には白い洋装の袖があった。この上にある眼は、深い瑠璃色と思われた。

「ほれ、見つけるといったであろう」

自分の指は、時を経てゼリイのように透き通っていた。白い指に絡めるとあちらも巻き付き、指と指の腹が吸い付くようであった。こちらは向こうを手繰り寄せようとし、あちらもまた強い力で引く。

それは、奥深い闇の底のことだ。女の指と自分の指は、気の遠くなるような時の果てに、ようやく、ひとつのもののように組み合い、撫で合い、絡み合った。

だが、代々続く眼科医の瞳には、地の底までも映るのであろう。自分は、父の眼を感じてびくりとした。

気づけば元の座敷にかえっている。自分はすでに形を失っている。父はなおさらである。眼と思ったのは長押の額であった。

父は、すでに風となっていた。ひゅうと吹き、雨戸を鳴らしながら、荒涼たる声でいった。

「ふがいない奴め」

負うた使命は果たせなかった。武蔵にも相模にも、秘密の法を伝えることはかなわなかった。

自分は椀一杯ほどの水となって座敷に流れ落ち、気体と変じた。

その先は風にさえなれず、ただ跡形もなく消え失せるばかりである。

開く

何がしと云ふもの（中略）一とせ玉川の辺を通行せしに、百姓大勢集りて、畑の土中より大なる箱の、深さ広さ二間四方もあるべき物を、六つ掘出して騒ぎ合ひたる所へ行きかゝり、これは何をする事ぞと尋ねければ、この箱年来土中に埋りて、いつの代よりあるといふ事も知りがたき程の久しきものなり、年々畑作の妨げになるゆゑ、この度掘出せしと云ふ。

（譚海　巻四）

1

その地区の、宗教的な地図の作成——というのが、紫苑《しおん》たちに与えられた課題だった。民間信仰の対象になるようなものを探し、記して行く。集落の中、あるいは街道沿いにあるものは簡単だ。ところが、

——見上げる山の中腹に、今は誰もお参りする者のない神社がある……。

と、聞いた。

そういう情報を得るため、聞き取り調査をしている。《しめたっ》と小躍りしてもいいところだ。しかし、じめじめとした六月の梅雨の晴れ間だった。湿気も多く、照りつける

中、山に登って行くのかと思うと、正直なところうんざりした。

だが、聞いてしまえば仕方がない。土地の老人が親切に案内してくれるという。

東の地区を担当したのは、紫苑たち三人だった。男の学生が一人いて、老人と並ぶように先に立つ。人のあまり通らぬ、両側から草が手を伸ばして来る道だ。後に続く形になるのがありがたい。

高い木々はなく、小暗い林の中を行くようにはならない。照りつける日が頭を焼く。山道を彩るものがあっていい頃だったが、妙に花の少ない山だった。

中腹といわれたので、それだけでもう疲れたが、十五分も登ると、古ぼけた白木の社殿に着いた。その辺りが、棚のように平たくなっている。小さな社殿を囲んで、そこだけは丈高い木々も植えられていた。足元では、年々に散り重なった葉が、半ば土となっている。

案内の老人の説明を、ボイスレコーダーに録音しつつ、メモにとる。当然、写真も撮った。日差しの中を来て、木陰に入ったから、実際以上に涼しい感じがする。雲も、急に出て来たようだ。辺りは、実に静かだ。他の三人に背を向けると、今、何のためにここにいるのか、ふと忘れそうな寂しさだった。

ところが社殿の裏に回ると、何か声のような――音のようなものが聞こえた。鳥かと横手を見たが、動く気配はない。だが、木の根近くに、妙なものが見えた。

「どうしたの？」

後からついて来た平松南《ひらまつみなみ》がいった。関西の同じ高校出身だ。話しやすいから、よく二人組になる。

「なんか、埋まってるんちゃう」

「――え？」

後ろから、案内の老人もやって来た。話すと、目をぱちぱちさせた。

「とっくりの口によう似とるわ」

確かに、時代劇に出て来そうな、陶器のとっくりらしい。男の学生がいった。

「掘り出して、テレビで鑑定してもらおか」

「そんなん、どこにでもごろごろしてたもんやろう。値打ちなんかあらへんよ」

老人が首をかしげ、

「値打ちは分からんがのう――」

「はい？」

「年に二回は、草取りに来るんじゃ。しかし、あんなもん、見たこたぁねえのう」

「土が崩れて、顔を出したんやないですか」

南が反論する。

「崖やったら、そんなこともある。せやけど、あんな平たいところよ。――まるで下から手で押されて、飛び出したみたい」

「やだ。――誰が押すんよ」

と、紫苑が近づいた。その時いきなり、とっくりの口に嵌《は》められていた木の栓が、ぽうっと音を立て、飛んだ。

「あそこ――」

　紫苑は、あっと驚きの声を上げた。古ぼけた栓は、膝頭の高さぐらいまで上がり、木の葉の積もった上に落ちた。下半分はじっとり濡れ、薄黒く染まっていた。

　ややあって、南が、

「……シャンパン、抜いたみたいや」

　男子学生も、

「中で、発酵してたんかなあ。酒瓶やったら、あるかも」

と、化学的解釈をする。それはそれで気味が悪い。

「有毒ガスでも出て来たら、嫌やね」

　男子学生がつぶやいた。

「……飛ぶものは雲ばかりなり石の上」

「何それ」

「誰かの句。――ほら、殺生石《せっしょうせき》ってあるやろ。硫黄ガスか何かが出て、生き物が死んじゃうとこ。あそこに碑があるんや」

　彼は、文学部の学生だった。

「やめてよ。そのとっくりの口、わたしの方、向いてたんよ」

　紫苑がそういうと、南が頷き、

「本当、鉄砲が下から狙ったみたいやね」

　紫苑は笑おうとしたが、妙に唇が引きつった。見上げると、水にとろっと油を流したように、雲が流れている。

紫苑は、口の中で、
――飛ぶものは雲ばかりなり
と、つぶやいた。
そういえば実際、鳥も花もない山だった。草むらを歩いて来たのに、足元から虫が襲うこともなかった。

2

それから十日ほど経った。

集まりがあった時、四回生の蚊藤《かとう》という先輩が、すっと眉を寄せ、紫苑を見た。遠くの席からだった。

背が高く、手足の長い先輩だった。民俗学より、超自然や心霊現象に詳しいといわれていた。美形ならともかく、そんな相手から、まじまじと見つめられても落ち着かないだけだ。

それぞれの報告が終わり、先生のまとめや注意があった。全てが終わった後、蚊藤は紫苑に向かって手を上げ、その手首をかくかくと折るようにして呼んだ。

「何でしょう？」

「君、最近、――体調悪くない？」

顔色を読まれたのかと思った。この人は、一回生の保健指導までするのだろうか。

「はあ……」

蚊藤は頷き、

「せやろうな。——黒いもんがついとる」

「は？」

「最近、霊に見込まれるようなところに行かへんかった」

馬鹿馬鹿しいと思った。だが、すぐに神社のとっくりを思い出した。だるかったり、頭の芯が重かったり、軽い吐き気がしたりする。丁度、あの頃からだ。悪い化学成分でも体に入ったか——と疑った。気になって病院にも行ったが、《これといっておかしいところはない》といわれた。それなら、単なる夏負けだと思った。超自然が原因など考えられなかった。

思ってもみなかった可能性を示された紫苑は、率直に、これまでの経過を話した。全く別の病院に行き、セカンド・オピニオンを求めるような気分だった。

蚊藤は、ふうっと紫苑の体の周りを見、

「——それや」

と、あっさりいった。そして、

「君、体に自信があるやろう？」

「はい」

「せやからよかった。かなり強い霊やからな、体が弱いと危なかったで」

そして、続く飲み会にも来るように——といった。もともと、そのつもりだったから、紫苑はこくんと頷いた。

いつもの飲み屋に着くと、蚊藤は、紫苑を隅に座らせた。テーブルから塩の瓶を取り上げ、中蓋を取り、左の手のひらに塩を盛った。

南などは、あっけにとられたように見ていた。しかし、先輩たちは何事もないように飲みにかかっている。蚊藤がこんなことをするのは、初めてではないらしい。

「動かんとって。——ええというまで、目を閉じていて」

いわれた通りにする。蚊藤のつぶやきが聞こえた。それから、体に塩が撒かれるのを感じた。

「——はい。——もういいで」

目を開くと、蚊藤はわずかの間に額に汗を浮かべていた。まるで、遠くから走って来たようだ。

「……まあ、こんなところで大丈夫やろう。力は強いが単純な霊だからや。説得しやすい。怖がることないわ」

「………」

蚊藤は、顔を近づけ、

「どないや？　肩の辺りが、軽なったやろう？」

はっとした。

「そういえば……」

うっとうしく、お酒でごまかそうとしていた、頭の芯の嫌な感じが、溶けるように消えていた。

「ふさがれているものが開く時って、危ないからな。——江戸時代、多摩川の近くで、大きな箱を掘り出した話があるねん。四畳半ほどあるような箱が、畑の中から六つも出て来たんやって」

「何が入っていたんです」

「うん。そりゃあ、開けてみたくなるわな」

蚊藤は、前に置かれた生ビールをうまそうに一口飲み、

「——そこに、ある男が通りかかった。《どうしたんです、この箱は？》って聞いた」

「はい」

「《いつとも知れない昔から埋まってる》という返事。男はそれを高値で買うといい出した」

「宝でも入っていると思ったんですか」

蚊藤は、枝豆をつまみ、

「まあ、君も飲みたまえ」

3

「村人は、思いがけない臨時収入に大喜び。しかし、ものが大きすぎる。男もひょいっと持って帰るわけにはいかない。《いずれ取りに来るから》といって去った。そのまま、顔

を見せない。三年経って、やっとやって来た。《木が腐ってしまいますよ》と村人がいう。ところが、《かまわないから、もう少し待ってくれ》という返事」

「それも迷惑ですね」

「さらに一年経って、やって来た。村人は《場所を取って困るから、何とかしてくれ》という。男は、《だったら、焼いてくれ》。そこで火をかけた」

「怖い……。悪霊とか出て来たんですか」

蚊藤は、あっさり答えた。

「何にも。ただ――燃えただけや」

紫苑は肩透かしされ、首をかしげた。

「そんなら、お話にならないじゃないですか」

「いやいや。燃えた後に、古い金具や釘が残った。これが時代物で値打ちがある。男は最初から、それが目当てだったんやな。――それを持って帰って大儲けしたそうや」

「そんなん、怖い話じゃありませんね」

「いやいや。結局のところ、男は箱の中身を無視したんや。これ、――開けてたら、どうなったか分からへん」

「はあ」

「そこに、隠された《怖い話》があるかも知れないやろう。表向きは、持ち運べない箱から金具だけ取ったんや。しかし、ただの頓知話じゃあない。閉まった入れ物は開けないに限る――という物語でもあるんや」

「そうですか」

「昔から、《開けてはいけない》――というパターンは多いやろう」

「ええ。でも、わたしの場合、とっくりは向こうから、口を開けたんですよ」

「そこや」と、蚊藤は身を乗り出した。「そういうものが、あちらから出て来ることもあんねん。突然だと防ぎようがあらへん。――君の場合、一度、取り憑かれた。そして、こういうことにはな、逆免疫があるんや」

「……え？」

「同じ種類の霊に、憑かれやすくなるねん」

今までは、そんなことを信じない紫苑だった。しかし、もう笑えなかった。

「本当ですか？」

「ああ。――今度のは、強いが小さい霊やった。色々なタイプがあるからな。払い切れないようなものに出くわさないとええな」

「……どないしたら、ええんです？」

「塩――」

「はい？」

「今、塩で払ったやろう。シンプルやけど、この手の霊には、案外、効くねん」

紫苑は、盛り塩や、相撲の取組の前に撒く塩、あるいは葬儀後の清めの塩を思い出した。昔から続く習わしには、それなりに現実的意味があるのかも知れない。

「なるほど」

「調査なんかで、霊の力の強い地区に行くこともある。君は特に、塩を持って行った方がええよ。強くて大きい霊が相手でも、かなり効果があるで」

「どないするんです？」

「難しいことはあらへん。ただ、粗塩を白い紙に包んで持っていればええ」

「それだけですか？」

蚊藤は、迷いなく頷いた。

「ああ、守ってくれる。全然、違うで」

4

夏も終わろうかという頃、紫苑と南の共通の友人が結婚することになった。大学で知りあった子だ。昔なら、十八、九の嫁入りも珍しくなかったろう。近頃ではまれだ。紫苑も南も初めて参列する結婚式だった。

式は新郎の家のある浜松であげられた。二次会にも参加し、そのまま二人でホテルに泊まった。翌日は、揃って西に帰る。

——せっかくだから、昼は名物の鰻を食べて帰ろう。

ということになった。

混雑する時間帯をはずし、わざと二時頃に入った。それでも老舗の店は、八割方、席が埋まっていた。店内は明るく、地元の人と観光客が半々といった感じだった。

広い座敷の、一番右奥に案内された。窓を背にして南、紫苑が手前に座った。脇が棚のようになっていて、飴色の、小さな簞笥が置かれていた。江戸時代のものだろう。どこかの商家に置かれていたらしい。今では、和食の店らしい雰囲気作りに使われている。

鰻はおいしかった。食べながら、話がはずむ。新郎に対する感想のあれこれは、もう出尽くしていた。

いつの間にか、民俗学関係の話題で盛り上がっていた。禁忌習俗や墓といった、どちらかといえば暗いテーマになる。

その時だった。

——ゴトンッ。

という、木像の首でも落ちたような音と共に、紫苑の横の、簞笥の小引き出しが飛び出た。

驚きに、二人は声を失った。突然、古い家具が、——舌を出したようだった。紫苑も南も、古い神社のとっくりを思い出した。

追われるように店を出た。

新幹線の座席に着き、車両が動き出したところで、やっと南がいった。

「さっきの、あれって……」

それまでは、申し合わせたように、口にするのを避けていたのだ。

——何だったのだろう、怖かった。

という話が続いたところで、紫苑がいった。

「わたし、お守り持ってるんだ。先輩がいった通り――」

備えを欠かさなかったことを見せたくなり、パスケースを取り出した。白い和紙に包んだ粗塩が入れてある。だが、開いた瞬間、紫苑は絶句した。

紙は、獣の爪で切り裂かれたように、ずたずたになり、ケースの中に塩が飛び散っていた。

5

お守りが効いたのか紫苑の身に、格別、変わったこともなかった。

秋の終わりの調査は、瀬戸内海を越えた四国で行われた。

ふもとから、車で三十分ほども上がった山の中に泊まった。廃校になった小学校の、使用許可が下りていた。

夏は合宿施設として使われるようで、板敷きの教室に畳が敷いてあった。布団も用意されていて、ガスはボンベがある。水道も使える。ただし、もともとが小学校だから、蛇口の位置が不自然に低い。腰を落として栓をひねることになる。基準の違う、不思議な世界に入ったようだ。

電気は、通っていない。携帯は圏外だ。そろそろ初冬ということもあり、夜空は異常なほど澄み切り綺麗だった。

トイレは別棟にあり、昼でも薄暗い。まして夜になれば、全てが闇に沈む。懐中電灯を持ち、誰かと一緒でなければ行けない。調査のベースキャンプとしては適していたが、女性陣には不評の宿だった。

無論、車がないと行動が出来ないところだ。地元と岡山の学生がいて、自分の車に乗って来ていた。調査の時は勿論、買い出しにも、それらがフル稼働した。

幾つかの集落と、下の町を繋ぐ道路は整備されていた。

「あんなところに……」

と、車の窓から紫苑が憤激の声をあげた。脇道に、黒いワゴン車が乗り捨ててあった。

「ああいうことするやつ、おるんじゃ。正規に廃棄すると金がかかるからな。人気のないとこまで乗って来て、捨てよる。――こりゃあ社会問題じゃ」

ハンドルを握っている二回生の先輩が、そういった。

「信じられへん……。捕まえられへんのですか？」

「ナンバーとか、足のつくようなもの、全部剝がして捨てとるからな」

かなり前から捨ててあるらしい。風雨にさらされた古さがある。鈍重な黒牛が首を伏せ、身じろぎもせず立っているようだ。窓には、内側から遮光フィルムが貼られていた。中の様子は、分からない。炎熱の夏には、熱気で相当に蒸れたろう。

振り返った時には前面が見えた。ご丁寧に、フロントガラスまでふさがれている。ワイパーの片方が、大きな鶏が足を上げたように直立し、そこに緑のツタが絡まっていた。

携帯の使えるところまで来て警察に連絡したが、反応は鈍い。早急な処理はされないようだった。

気分転換にもなるから、買い出しに付き合うのは歓迎だった。

6

数日後、紫苑は、二回生の先輩と二人だけで、下の町のスーパーに向かった。

秋の終わり、冬の初めといっても、山の中の緑はまだまだ濃い。道のところどころは、両側から木々の枝が覆い被さっている。

しばらくして、紫苑がいった。

「あの、ヒーター点けるほどやありませんけど……」

「ごめん、何か調子がおかしゅうてなぁ。――オフにしても、――熱風が出て来よる」

「……エンジンとかは？」

「他は異常ない、ヒーターだけ問題あり、じゃ。下でちょっとみてもらうわ。――ええかな？」

命を乗せて走るものだ。万全の状態であってほしい。紫苑は頷き、

「勿論」

そこで先輩が、ちらりとバックミラーを見た。

「珍しいのぅ」

「え？」

「後ろから車が来よる」

今まで、この道で他の車両を見かけたことはなかった。

「……じゃけど、大丈夫かな？」

「どうしたんです？」

「酒でも飲んどるんかなあ。妙に、……ふらふらしとる」

紫苑は、助手席から首を巡らした。後続車はカーブのところで一瞬、姿を見せ、すぐに木々のかげに隠れた。

——あれは……？

前の窓から、緑色のモールのようなものがなびいていた。それが、紫苑の目に残像として残った。

——ツタではないか……。

と思い、紫苑はその異様さに愕然とした。車の色は、汚れた黒だった。次のカーブになると、ワゴンはずっと近づいていた。片方のワイパーが旗竿のように立ち、しなっていた。その先から引きちぎられたツタが流れ、新体操のリボンを振るようになびいていた。

紫苑は、かすれた声でいった。

「……後ろの車。ナンバーが……ありません」

「ええ？」

「……あれ、……棄ててあった黒ワゴンですよ」

先輩は、バックミラーを見やり、

「——持ち主が、片付けに行きよるんか？　——警察にいわれて？」

「でも、あんな、雨ざらしになってたのが……動けるんですか。それに……」

「――それに？」

「運転席、……見えへんのです。フィルム貼ってあって」

先輩は、肩をびくりとさせ、

「おいおい、変なこというなや。――中から外は見えるんじゃろ。でないんなら、運転なんか――出来ん」

紫苑は叫んだ。

「スピードあげてます、追いかけて来ます！」

「――あほな」

一瞬、身震いするかのように見えた車は、狂った牛が疾駆するように、猛然と迫って来た。どういう加減か背後から煙が、水に墨をぶちまけたように噴き出し始めた。

「ぶつける気でしょうか!?」

「まさか――」

いいながら先輩はアクセルを踏んだ。

――熱い、熱い。

紫苑は、手を握りながら心でうめいた。気のせいではない。ヒーターの熱気が、車内の温度を、耐え難いほどに上げ始めていた。汗が、にじみ出る。

道幅は広がり、下に町が見え始めた。紫苑は、あえいだ。

「逃げ切れはりますか？」

先輩は答えず、窓の昇降スイッチに指を伸ばした。きゅるきゅると硝子が下がる。外と自分達を隔てる結界が開かれて行く。気持ちのいい冷気が流れ込む。

紫苑は、思わず、金切り声を上げていた。

「駄目、——駄目ですっ」

脇に置いたショルダーバッグに手をかけ、ひやりとした。昼を食べた後、どういうわけか中を確認したくなり、パスケースを開き、そのままテーブルに置いて来てしまった。

——塩を持っていない！

醜く汚れたワゴンは、猛牛の勝ちどきに似た響きを立て、反対車線に——紫苑達の車の脇に躍り出た。完全に並んだ途端、黒いスライドドアが、ごっ——という響きと共に、投げ出すように開いた。

そして何かが、——どっと溢れ出て来た。

岡本さん

お話ししたいのは、岡本さんのことです。

わたしが会社に入ったのは、今から七、八年前のことでした。――何をやっているところかは勘弁して下さい。知られたくないのです。大きな公共事業にもかかわる会社です。名前をあげれば、ご存じかと思います。

わたしは、その会社の地方支社に配属されました。地方といっても、東京からそれほど遠くはないところです。――岡本さんは、わたしの配属された部署の先輩でした。

卵形の頭をしていました。卵にも、茶色っぽいのと白いのがあるでしょう。岡本さんは、男にはめずらしいほど、顔の色が白いのです。だから、白い卵。そのちょっと細長いの。お雛さま？　ああ、そういったところもありますね。でも三十過ぎですから、可愛いなんて感じじゃありません。古くなったお雛さまかな。

ええ、男性的ではありません。デスクから立って、歩いている時も、ちょっと前かがみに肩を落としてしまう。無口で地味で――まあ、要するに暗いんですね。その年でも独身でした。――といっても、三十過ぎの独身なんて、今は珍しくないですよね。でも岡本さんは、独身が似合う人でした。先輩の女子社員が二人揃うと、よく男の人の噂をします。

趣味は何だとか、貯金があるらしいとか、——で、誰と誰がくっついたとか離れたとか。でも、岡本さんが話題になることはありません。論外という雰囲気。これといった失敗もしていないのに、何となく馬鹿にされてる感じの人でした。

入社して二年目ぐらいの時でした。じめじめした梅雨の夜です。書類の整理をしていて遅くなりました。残業です。岡本さんも仕事の都合で残っていました。

外は細かい雨。オフィスの中は空調が利いていますから、湿度が高いというわけではありません。それでも、ビルを街を、びしょびしょのタオルのように包んでいる雨の気配は、何となく伝わります。うっとうしいのです。

そんな夜に単調な仕事を続けていると、何だか心が体から抜け出して行くような、妙な気分になる時があります。

——ちょっと立つか。

長いこと椅子に腰掛けていたので、そう思いました。背筋を伸ばしたくなったのです。立つ理由づけぐらいのつもりで、デスクの端に置いてあった書類を手にしました。そして、シュレッダーの方に歩いて行きました。昼過ぎから、何回か同じ動きをしていたのです。シュレッダーはオンになっています。——さしこめば鋭い歯がガガガと書類を噛み砕く。

左手に紙を下げています。右手で作ったこぶしを後ろに回し、おばあさんのようにとんとん腰を叩きながら、のろのろ歩きました。神経は、その右手の方にいっていました。こぶしの背でリズムを作って腰を叩く。とんとん、とんとん。

わたしは機械にたどりつくと、考えることもなく、手の書類を金属の口に当てていました。たちまち、シュレッダーは前歯で紙をくわえ、口の中に引きずりこんで行く。

その瞬間に、

——あっ！

と、思いました。いえ、実際、叫んでいたのです。

梅雨の雨の底の、深い穴にすうっと落ちて行くような気がしました。

断裁する不要書類はデスクの端に置いてありました。そして、もう一方の端に、ついさっき、ある——契約書を置いたばかりだったのです。古いものではなく、最近のものです。こちらの署名と印があり、取引先のそれも書かれ押されています。要保管。無論、シュレッダーにかけてはいけないものです。

よりによって、わたしが手にしたのはそっちだったのです。何故そちらを手に取り、断裁までしてしまったのか、自分でも分かりません。心がどこかに行っていたとしか思えません。

——どうしよう？

ミリ単位に刻まれた契約書を復元することなんか出来ません。出来たところで、そんなもの、上司には見せられません。

卑怯ですけど、

——黙っていたら、どうだろう？

と、思いました。今までの契約書の確認があるのかどうか、分からない。チェックしない可能性だってある。案外、何事もなくすんでしまうかも知れない。

でも書類の整理は、わたしがしていたんです。問い詰められたら逃げ場がありません。何よりも秘密を抱えたまま、職場にいるなんてつら過ぎる。毎日を、びくびく過ごすことになる。そして、発覚したら……。

皮肉屋の上司の顔が浮かびました。わたしに向かって開かれる、その分厚い唇。

——辞めようか。

と、思いました。それにしても、このことを隠したまま逃げていいのか。

——いわないわけにはいかない。

シュレッダーの前に立ちつくしたまま、ごく短い間に、さまざまな考えが、わたしの頭の中で入り乱れました。

その時、声がかかりました。

「……どうしたの？」

岡本さんでした。

シュレッダーは、岡本さんのデスクの側に置いてありました。音はするし、人は来る。近くにあってうれしいものではありません。

別に、

——岡本のところなら、いいや。

というわけでもないのでしょうが、そこにあったのです。

岡本さんは、あまりものをいわない人です。どちらかといえば、人を避けている感じ。わたしも、朝の挨拶とか、そういったごく当たり前の日常のやり取りしか、したことがありませんでした。ずっと、同じ職場にいたのに——です。

その岡本さんが聞いてきたのです。わたしの顔色が、よほど変わっていたのでしょう。

「……あ、……その……」

と、答えにならない声をいくつか返しました。でも、シュレッダーを使いながら叫んだのです。断裁してはいけないものを切ってしまったのは明らかです。わたしは、覚悟を決め、

「……あの、間違って……契約書を……」

岡本さんは、卵形の顔の眉をちょっと寄せ、

「——かけちゃったの？」

「……はい。脇に置いといたのを……うっかりして……」

「そうか——」

口にしてしまった。一人にいったからには、もう上司にも、明かさないわけにはいきません。

「……いらない書類と間違えて……」

くどくど続けるわたしに、岡本さんはいいました。聞きようによっては、呑気な——ともいえるようなことを。

「困ってる？」

「え、……はい」

そんなこと決まってます。

「うーん──」

とぼけたやりとりなのに、言葉の調子は、ごく真剣なものでした。岡本さんはその口調のまま、続けました。

「──お茶、いれてくれる」


「は？」

岡本さんは、怒られた子供のような顔になり、

「──いや、その。──ちょっと、一拍置くというか、ひと息入れるというか。──そういう方がいいかと思って」

こんな時に、動揺している相手に、よりによって──お茶くみを頼むなんて。

──非常識だ。

とは思いました。むっとはしました。でも、いわれてみれば頭を冷やした方がいい。それもそうです。

「はい……」

答えて、岡本さんのデスクにあった茶碗を手に取り、給湯室に向かいました。

急須を洗い、新しいお茶の葉を入れる。お湯を注ぐ。会社で使う、安物です。それでも葉は広がり香りは立ちます。無地の茶碗にお茶をいれ、お盆にのせて給湯室を出ました。

でも岡本さんは、デスクにいません。声がしました。

「あの――」

わたしの席の方にいます。わたしは、茶碗をデスクに置き、

「はい？」

岡本さんは、白い紙を手にし、ひらひらと振りました。

「シュレッダーに、かけたっていうの、これと違う？」

おかしなことをいう人だと思いました。何より、書類の仕分けに手を出されたら迷惑です。わたしは速足で、そちらに向かいました。岡本さんは、そんなわたしに紙を突き出します。思わず受け取って、

「あ……」

わたしは左手にお盆を下げ、右手に紙を持ち、言葉を失いました。それは確かに、――問題の契約書だったのです。

岡本さんは、目をそむけるようにして、自分の席に戻りかけます。わたしは、すれ違うシャツの肩に、あわてて、

「……どうして、これ」

「そこにあったよ」

「そんな……」

「何か、勘違い、したんじゃない」

切れ切れにいいます。振り向いた額が汗ばんでいます。よく見ると岡本さんの肩は、全力疾走でもした後のように細かく上下しています。

「……どうか、なさったんですか？」

「え」

「何だか、疲れてるみたいです」

岡本さんは目を見開き、その目の前で手をあわただしく揺らし、

「いや、別に――」

背中を見せ、逃げるように席に戻ります。

――おかしい……。

と思いました。でも岡本さんの様子より、もっと不思議なのは自分が手にしているものです。断裁した筈の契約書。それが、元通りの形で目の前にある。

わたしはそれを、自分のデスクの端に置いてみました。

――ここにあったのを、こっちの手でこう取り、歩いて行った。……

記憶の画面は、何度巻き戻しても同じ形で再生されます。

――これが……ここにある。そんな筈ないけど……実際にある。

何といっても、助かることです。ほっとします。嫌な事態なら受け入れにくい。でも、今のわたしには、願ったりかなったり。

――勘違いか。そうか、勘違いしたんだ。わたしが切ったのは、きっと、別のいらない

紙だったんだ。

……でも、……だとしたら、一体全体、どの紙を切ったのだろう、と思いかけた時、岡本さんの声がしました。見ると、あちらの席で軽く手を上げ、男にしてはちょっと高い声で、

「──お茶、有り難う」


おかしなことでした。それから何となく、岡本さんのことが気になり始めました。だからこそ、あの時、気づいたのです。

会社のロビーに、飲み物の自動販売機があります。お昼休みは外食に出る人も多く、その波がおさまると、ロビーががらんとすることがあるんです。そんな時でした。

わたしは、仕事の切りが悪かったので、ちょっと出るのが遅れました。エレベーターを使わず、階段を降りて行きます。すると、自販機の前にいる岡本さんの背中が見えました。別に足音を忍ばせていたわけでもありません。でも岡本さんは、こちらに気づかないようです。

お金はもう入れたらしく、飲み物のボタンの前で指を揺らしていました。迷っているようです。その指が、ふっとボタンに触れてしまった。運動神経が悪いにも程があるのですが、どうやら好みでないものを押したようです。背中の表情が、

──しまったっ！

と、いっていました。ガタンと重いものが落ちる音がしました。ペットボトル――という感じ。

岡本さんは、

――まいったなあ……。

というように首をかしげました。わたしは、にこりとしてしまいました。何だか、そういう間違いが岡本さんらしく、

――可愛いな。

と思ってしまったのです。ところが、その時、奇妙なことが起こりました。岡本さんの姿が、二重になる感じで――ちょうど、ビデオの画像を飛ばしてつなげたように、ぶれたのです。

目や頭が、おかしくなったわけではありません。確かなことです。

――何、これ……？

岡本さんは、そのまま腰をかがめ、自販機の口に手を伸ばしました。取り出したのは、軽い小さい、乳飲料の紙パックでした。

――え？

落ちてもさっきのような重い音を立てないものです。前のことがなかったら、岡本さんの動きになど注目していなかったでしょう。階段を使っても、横を行き過ぎたと思います。でも、わたしは見ていた。

――おかしい……。

その時、岡本さんが振り返り、目が合いました。わたしは、どきりとしました。何だか向こうも、そんな顔をしたように思えました。

「どうも……」

と頭を軽く下げ、意味のない挨拶をしました。岡本さんは、パックを持ったまま、エレベーターの方に向かいます。わたしは見送りながら、自販機の前に立ちました。

岡本さんが指を伸ばしていた位置を確認しました。乳飲料のボタンが並び、途中からペットボトルになっている。

――ここを、こうして……。

と、同じように指を迷わせていたら、視線を感じました。エレベーターに行きかけた岡本さんが、立ち止まり、こちらを見ています。わたしはあわてて、適当なボタンを押しました。でも、まだお金を入れていません。ますますあわてていると、岡本さんが戻って来ました。

いつになく難しそうな――どちらかというと苦しそうな顔をしています。

「――どうか――した？」

「いえ。何でも……」

「どこか――変？」

そのまましばらく見合っていました。やがて、岡本さんが、

「え？」

「――ぼく……」

「いえ」

岡本さんは目をぱちぱちさせました。わたしは、《何もおかしなことはありません》とばかりに首を大きく振りました。

岡本さんは、

「じゃあ――」

と、接着剤で貼り付けられていたのを無理やりはがすように動き、向こうに行こうとします。

とても気になっているようです――わたしに《見られた》ことが。でも、それを突っ込んで聞くのもためらわれる。そんな感じです。わたしはとうとう、いってしまいました。

「岡本さんて……」

どきりとした顔が振り返ります。続けました。

「……ひょっとして、時間を戻せるんじゃないですか？」

岡本さんが黙っているので、同じことを繰り返しました。やっと、答えがありました。

「――ふざけてるの？」

「いえ」

岡本さんは笑いを作って見せ、

「――そんなこと、ある、と、思う？」

言葉を選び選び、ゆっくりいいました。わたしは、やや身を引きながら、

「ある……とは思えません。だけど、……見ました」

岡本さんも後ずさりしながら、卵形の頭を何度も振りました。

「――そりゃあ、何かの――勘違いだよ」

また、この前のように《勘違い》ですませようとします。

「……そうでしょうか？」

「そうだよ」

わたしが睨むと、《そうそう》と、逃げるように去りかけ、また戻って来て、

「――だけど、今のこと、黙っていてくれるかな。あの――おかしなこと、人にいわれると嫌だから」

やっぱり不自然です。

午後の仕事の間、わたしが席を立つと、岡本さんの目が後を追いました。不安そうな目でした。

結局、その日の帰り、会社から駅に向かうのとは逆方向の、目立たない喫茶店でお茶を飲むことになりました。岡本さんが、話したいことがある、というのです。

店の暗い隅で、岡本さんはこんな《告白》をしました。


――小学生の時だった。飼育当番というのがあってね。クラスの男の子と女の子が組み

になって、ウサギ小屋に行く。食べ物の世話や糞の始末をするんだ。

冬になろうという日だった。ぼくと大柄な女の子が当番になった。だけど、相手の子は《岡本、やっといて》といって、帰ってしまった。世話することは、何でもない。だけど、簡単に、仕事をおしつけられるのが、つらかった。

そんな気持ちでやっていたせいだろう。うっかりしたんだ。持ち上げた、用具入れの木箱を落としてしまった。間の悪いことに、その角がウサギの子に当たった。その子はあっけなく倒れて——動かなくなった。当たりどころが悪かったんだろう。

ウサギ小屋は学校の隅にある。毎日、見慣れている。珍しくもない。わざわざ覗きに来る生徒もいない。静かだった。他のウサギは、ひょこひょこ歩いている。でも、その子だけ横になったまま動かない。

寒い、短い一日が駆け足で暮れていく。横から来る陽が、腕の上に金網の模様を映していた。

ぼくがしっかりしていなかったから、ウサギの子が命を落としてしまった。その思いに押しつぶされた。《先生にいいに行かなきゃ》とか、《怒られるだろう》とか、そんなことは頭に浮かばなかった。ただ、消えた命の前に手をついて、しゃがんでいた。

祈ろう——なんて思ったわけじゃない。ひたすら、

——元に戻ったら、——こうなる前に戻ってくれたら。

と、それだけ考えた。念じた。

そのうちに、ものすごい疲れが全身を包んだ。くらっとした。ひじを折り、倒れ込んだ。

寒いのに、汗が額から流れた。その時、鼻先を合わせるようになったウサギの子が、ぴくりとしたんだ。

——あ！

体を起こすと、その子もぴょこんと動いた。ぼくの気持ちも生き返った。

——よかった。気絶してただけなんだ。

そう思って立ち上がった。でも、おかしい。取り落とした箸の木箱が、元の位置に戻っていたんだ。

不思議だった。《やってしまった》と思ったことが、夢でも見たように——難しくいえば、まぼろしみたいに、消えてしまった。

うちに帰ったら、

《顔色が真っ青だよ》

と、いわれた。熱を出して、そのまま寝込んだ。何日か学校を休むことになった。

それが最初だった。

——この範囲の、このことを元に戻したい。

と念じれば、起こる前の状態に戻せる。自分に、そんな《力》があると分かったんだ。やり直してから、ぼくは普通の時間に戻って来る。だけど、心も体もくたくたになる。

戻るのが長く、範囲が広くなればなるほど、ひどくなる。《力》を使い過ぎると、頭が痛くなる。吐き気がする。時間にかかわることで、無理をしているんだ。きっと、命も縮めているんだと思う。

「それなのに、わたしのこと、助けてくれたんですか」

「だって——君が、地獄にでも落ちたような顔していたから」

「ありがとうございます」

岡本さんは、首を振った。

「いや、ぼくが《いい人》ってわけじゃない。見ちゃったから仕方なかったんだ。見ないまま、次の日になっていたら、もうどうしようもない。そうなれば動かないですんだ。——そんなこと、考える奴なんだよ、ぼくは」

そして、真剣に頼むのです。

「このことを知られたら、ぼくはもう、あの会社にはいられない……」

「そうですか？」

「そうだよ。もうこの年だし、新しい仕事なんて見つけられない。冗談でなく、死活問題なんだ。助けると思って、——黙っていてくれないか」

懇願されました。頷くしかありません。その時は、ぴんと来ていなかったのです。岡本さんの立場が。

でも、次の朝でした。

寝坊をしたわたしは、駅に急ぎました。気があせって、途中、小走りになったのです。靴が横滑りし、よろけました。体勢を立て直そうとしましたがうまくいきません。前に膝をつくような形で倒れました。

——痛いっ！

通勤の人達の目があります。何でもないようなふりをしながら、立ち上がりました。スカートが破れていたら、着替えに戻るしかありません。でも幸い、そうなってはいませんでした。ほこりをはたいただけで、歩きだしました。

膝がずきずきします。エスカレーターに乗った時、片足を上の段にかけ、さりげなくスカートの端を上げてみました。傷口から血がにじんでいます。絆創膏は、いつも持っています。トイレに入り貼りました。スカートで膝は隠れます。何とかなりました。でも、一瞬、

——岡本さんがいたらなあ……。

と、思いました。思ってしまいました。そこで愕然としたのです。

——黙っていてくれ。

の意味が、やっと分かったのです。

わたしは今、

——岡本さんの《力》に頼れたら……。

と、思いました。こんな擦り傷だけで。

岡本さんが側にいたら、《わたしがそう思っている》と察するでしょう。それは、何と

——恐ろしいことでしょう。

人が、《やりなおせたら》と考えることは数限りなくあります。それらの思いを全部、

背負うとしたら、どれだけつらく苦しいことか。《あの人が、ちょっとやってくれたら》という荷物がのしかかって来るのです。でも全てに応じることなんて出来やしない。応じれば、体力精神力を擦り減らす。実際、命を縮めるのでしょう。——でも応じなければそれが《やってくれないの？》という、マイナスの感情につながります。

契約書事件の時も、黙っていてもすむ筈でした。でも岡本さんは、途方にくれたわたしの顔を見てしまった。だから、つい助けてしまったのです。そうしないと自分がつらいのでしょう。そして——額に汗を浮かべ、肩で息をしていた。

岡本さんが、人とつながりを持ちたがらないのは当然です。《逃げてずるい》なんて、誰にもいえない筈です。

そんな岡本さんに、どう接したらいいのでしょう。《大変ですね》などというのは、部外者らしい、ただの《同情》でしかない。自分が岡本さんだったらどうか。そんなことをいわれたら、むしろ腹が立ちます。

わたしは、思ったのです。

——出来るのは、何事もなかったようにふるまうことだ。

と。

その岡本さんの姿が、半年ほど前から見えなくなりました。配置転換らしいのです。でも妙なことに、どの文社のどんな部署に移ったのか全く分かりません。

相手は岡本さんです。はっきりいってしまえば、――気にかける人なんて、誰もいません。岡本さんは、前からいなかったかのように消えたのです。

その頃から、会社の営業成績が、目に見えてよくなって来ました――おかしいぐらいに。不景気だというのに、大きな事業が次々と入って来ます。

夜、一人になると、ふと思います。何かのはずみで、岡本さんの《力》が知られてしまったのではないか。わたしなどには想像することも出来ない上の方で、大きな判断があったのではないか。

――何か《取り返しのつかないこと》が起こった時のために、法外なお金と引き換えに岡本さんが確保されたのではないか。

そう思うとぞっとして、闇の中で一人、身を固くしてしまうわたしなのです。

ほたるぶくろ

1

ユリの時は、どこ？——ふーん、日光か。

わたし、何だか箱根だったような気がしてたの。でも、それってさ、よくよく考えると林間学校なんだよね、五年生の。

修学旅行は、——やっぱり日光だ。箱根で山登りしたのと、いろは坂の急カーブで《うわー、きゃー》って大騒ぎしたのが、ごっちゃ。え、山登りとバスは全然違う？　まあ、冷静にいうとそうだけどさ。とにかく、

——天気のいい日に、皆《みん》なで、どんどん上に行った。

って、その印象が強いんだ。

日光だと——、うん、東照宮の《眠り猫》。思ったより小さくて、何だか、がっかりした。あ、ユリもそう思ったの。やっぱり妹だね。《眠り猫》でがっかりする血筋だ。

それでさ、卒業アルバムの写真、撮るんでカメラマンが来たじゃない。ほら、遠足とか、運動会とか。スナップとか、集合写真とか撮ってた。いつもだと、——赤ら顔のおじさんだったんだよ。お腹が出てて、荷物しょって、ふうふういってた。かなりの年に見えたけど、ひょっとしたら、今のわたしぐらいかも知れないな。——四十ぐらいかも。あーあ、

月日の経つのは早いねえ、嫌んなっちゃう。

それでさあ、わたしの修学旅行の時は珍しく、若いお兄さんが来たの。写真屋の息子。メガネかけて、妙にもみあげの長い人だった。——ああ、思い出す。水から何か引き上げてるみたいに、だんだん見えて来るよ。

で、旅館の大広間に集合して、全体注意があった。わたしは一組だったんだよね。並んだ端の列に座ってた。そしたら、脇から変な音が聞こえて来たんだ。

辺りを見回すと、音のするところに、カメラマンがいた。壁際に立っていた。わたしから、近かった。だから、はっきり聞こえたんだ。

そのお兄さんの、肩や胸や、頭のまわりで、トライアングルでもそっと打つような、金属の響きがしてた。《キーン、キーン》だったり、《チリン、チリン》だったり。まるで、うるさく鳴く虫が、つきまとってる感じ。

それなのにね、——お兄さん、平気な顔してるんだよ。

おかしいでしょ。当たり前なら、気になって仕方がないはず。手で払っちゃうよね。ところが、じっと立ってる。別に、先生が話してるから遠慮してる、我慢してる——って風でもない。

気になったから、隣の子に、

——ねえ、あそこで音がしない？

って聞いたら、

「気のせいじゃん」

わたしの耳がおかしいのかなあ——って思っちゃった。でもね、また見ると、それこそ気のせいか、お兄さんのいる辺りが、ぼーっと光ってる。

自分たちの部屋に分かれると、すぐに忘れた。でも夕食の時には、お兄さんと一緒になる。

今度の席は遠かったけど、金属音はボールでも投げられたみたいに、耳に、すーっと伸びて来る。やっぱり、消えないんだ。

——何、これ？

と思うから、どうしてもお兄さんの方を見ちゃう。

するとね、ほら、旅館でよく出る、小鍋用の小さい燃料があるでしょ。ロウソクの輪切りが、太ったようなやつ。仲居さんが回って、あれに火を点けてくれるんだよね。だけど、どういうわけか、お兄さんのだけ消えちゃうの。

二回も取り替えてたけど、駄目だった。それからどうなったかは、覚えてない。でも、遠目に見てたのに、仲居さんが、何度も何度もマッチ擦ってるのが、はっきり、クローズアップで迫って来たんだよね。

ああいう燃料って、火が点きやすくなってるはずなのに、おかしかったなあ。

次の日の朝、先生がいったよ。

「写真屋のナントカさんは、お母様が亡くなられたので、お帰りになりました」

——具合が悪かったんだ。だから、お父さんも来られなかった。代理のお兄さんが来たんだな。

って分かった。

2

子供の頃は、毎日が次から次に目の前を流れて行く。だから、そんなことも、特に気にしなかった。

中学校に入って、夏の臨海合宿があった。ユリも行ったよね。五歳の違いって、小さい時には圧倒的だけど、今になって思うと短い間だな、五年なんて。やってたことも劇的には変わらない。

千葉の海まで、揃って出掛けたじゃない。一週間、水泳漬け。一年生で三キロ、二年で六キロ、完泳をめざした。

あの時の夏の日ざしって、中学っぽい照りつけ方だったな。大人になってより、もっとお日様の真下にいた。全身に浴びるような感じだった。

三年生が指導員、卒業生がコーチに来て、面倒見はよかったね。

一組は一組、二組は二組。一年生から三年生までひとまとめの縦割り。ユリの頃も、そうだったでしょ。クラス別の四班。三年生が教えるから、そうなるしかないんだよね。

わたしたちの中学は、伝統的に上下関係がなかったじゃない。上級生のことも《なになにちゃん》とか《なになに君》て呼ぶ。あの中にいると、それが普通だった。でも、珍しいことだったんだよね、今にして思えば。とにかく、自由平等がモットーだった。

班の食事の準備から、掃除まで、全部、上も下もなくやったね。世の中に出ると、そんなことないからなあ。

しっかし、目茶目茶きつい一週間だったよねえ……。

海でくたくたになる。お風呂も食事も時間がない。でも、時間厳守だったからなあ。よく、こなしたなあ。若かったんだ。

最後の夜にキャンプファイヤーがあったでしょ。フォークソング熱唱して、――泣いた？　そうよねえ、泣かされちゃうんだよね。あれ、どうしても、そうなっちゃう。疲れると笑いやすく、泣きやすくなる。段取りが、そうなってる。

でさあ、一年の合宿も半ばにさしかかった時のことよ。同じ部屋で、《チーン、チーン》という、どこかで聞き覚えのある音が響いた。ちらっと耳に入った。でもね、部屋はとにかくうるさいの。分かるでしょ？

そうそう、暇がちょっとでも出来れば、キャンプファイヤーの歌やダンスの練習するじゃない。それに、とんでもなく忙しい。

お風呂も、一刻も早く行かないといけない。遅れると、水シャワーですませることになっちゃう。先にお風呂から出られても、食事の準備がある。

――おかしな音がした。

とか、なんとか、気にかけてる余裕がないわけ。

寝る時間になった。とにかく疲れてるから、枕に頭つけた途端に熟睡。いつもなら、それでぐっすりなんだけど、その夜はね、しばらくしたら、ぱっと目が開いちゃった。部屋は、うっすら明かりがついていた。

そのとろんとした、明るいような暗いような、静まり返った中で、あの音がはっきり聞こえるんだ。

同じ一年の女の子。彼女の頭から胸の辺りに、金属の羽の蚊が飛んでるような感じ。つきまとって離れない。《チーン、チーン》。けれど、当の彼女は一向に起きる様子がない。

皆な、何事もないようにすやすや寝ている。当たり前の寝息や、いびきも響いてる。わたしは、かけっこに取り残されたみたいで、落ち着かない。そうしたら、

——あ。洋一郎さんが呼んでる。

3

おつまみのこと？　こっちで話してても大丈夫？

まあねえ、ユリやわたしじゃ、お酒の相手も出来ないしね。洋一郎さん、いい人だし、丈夫だし、お父さんのお気に入りでしょ。よかったわねえ。こうなると、しみじみそう思うわ。

——突然だったからねえ。

家族は誰だってショックだけど、心配なのは、うん、お父さんのショックよね。がっくり来ちゃうといけない。そういう話って、よくあるじゃない。奥さんが先に逝くと、男は気持ちが折れちゃうって。お母さんだってねえ……、そのこと一番、気にかけてるはず

よ。

お父さんはさ、お母さんのためにも長生きしなくちゃ。でないと、あっちに行っても怒られちゃうよ。

美保ちゃんみたいな、可愛い孫だっているんだものね。中学生になるところが見たい、高校生になるところが見たい——って、欲出してもらわなくちゃ。

そういえば今日さ、ちょっと、美保ちゃんと歩いたんだ。三十分ぐらい。ああ、喪服は着替えてね。

そしたら、橋のところの畑にモンシロチョウがいっぱい飛んでたの。あれって春のもんだと思ってたから、《おや?》って首かしげちゃった。もう、とっくに梅雨入りしてる。こんな晴れ間だと、じりじり照りつけて、はっきり夏。そこでモンシロチョウ。——何か、変な気がした。

時間が、キリキリ巻き戻されたみたい。

そしたら、ネギの向こうに二列ぐらいキャベツが並んでた。すっかり育ってた。外側の葉は、厚地の風呂敷開いたみたいに、べたっと広がって、地面に寝てた。キャベツがあるから、モンシロチョウがいるんだね。うるさく農薬かけてないんだ。

——子供の頃は、大きなキャベツ畑があって、その上でモンシロチョウがひらひらするのを見たな。

って、懐かしかったよ。そんなことも、美保ちゃんに話した。

土手まで行ったら、紅色っぽい、ほたるぶくろが咲いてた。美保ちゃんが見て、いったよ。

「おばちゃんが持って来たのと、おんなじ！」

そうなんだ。わたしが持って来たのは——白いけどね。

東京からこっちに、野の花、持って来るなんて話が逆でしょ。

わたし、行きつけのケーキ屋さんがあるんだ。シュークリームがおいしいの。行きつけ——っていったけど、のべつは出掛けない。駅にして、幾つか先だからね。

ところが、しばらく前よ、何だか急にシュークリームが食べたくなったの。そういう波が押し寄せて来た。行ってみるとお店に、紫や紅のほたるぶくろが置いてあった。円い時計の下に、鉢が並んでたわ。

おばさんが、

「うちのが、趣味で始めたんですよ」

って。ケーキだけじゃなくて、花も咲かせるんだ。

——素敵ですねえっ！

て、心からいった。それが耳に入ったのね、お会計の時、ご主人が、

「これ、お持ちください」

って、ほたるぶくろをくれた。一種の布教活動かな。花を育てるビニールのカップから、芽が出て、伸びて、もう一人前になってるやつ。

頭に白い花が、ひとつだった。茎の先から、首を曲げて下がってた。小さな、花の釣鐘。有り難くいただいて、うちのキッチンの窓のところに置いといた。

——これ、花がひとつなのかな?

と思ってたら、小さい、楊枝の先みたいなつぼみがあった。上向いてたから、気がつかなかったのよ。そのうちに、茎の先の花がしぼみ出して、かわりに幾つものつぼみが大きくなって来た。そして、だんだん首を曲げて、下を向き出したの。

——あ、これが、ほたるぶくろの花になるんだ。

と気がついた。

不精なわたしだけど、幾つも花をつけるんだったら、土を増やしてあげないと可哀想だと思った。伸び盛りには、ご飯が必要、手足が伸ばせるようじゃないとね。

随分前に空になってた鉢を、探して来た。ホームセンターで買って来た、栄養のある土を足して、植え替えてやった。

その途端に、つぼみがいかにも花みたいになってね、どんどん大きくなりだした。小さいピーナッツからアーモンドぐらいと膨らんでいき、そのうちに、白い釣鐘が、幾つも下がり出したの。

——うちの中の、ほたるぶくろ。

じっと見てたら、何だか遠い昔に、こういう鉢に出会ったような気がしたの。

そこで、あの音のことが、よみがえってきたわけ。

4

中学校の時の話に戻るけど、二年生の先輩に、――名前は、ええと……朝井さんだったかな、色白で、髪の長い人がいたの。運動が苦手で、学校も休みがち……って噂だった。美人だから目立つけど、笑わない顔で、何だか近づきにくかった。

合宿の夜、目刺しみたいに枕を並べてるわたしの頭近くに、たまたま、その朝井さんの頭があった。分かるよね、あちらとこちら、頭を寄せて寝てたんだ。

変な金属音が気になるから、首を上げて、うかがう。そしたら、薄暗い部屋の中で、開いてる目があった。朝井さんの目だった。

起きてるのは、――わたしだけじゃなかったんだ。

「……あの音？」

って朝井さん、小さい唇を動かして、そういった。起きてるだけじゃない、聞いてるのも、――わたしだけじゃなかったんだ。

薄暗い水の底にいるみたいだった。そんな中で、朝井さんが、ひっそりいった。

「霊が来てるの」

びっくりした。ぽかんと口開けてると、

「わたし、そういうの、よく見たり聞いたりするんだ。――別に怖いもんじゃないから、大丈夫だよ」

そしてね、

「話してると怒られるから、寝よう」

っていうんだ。まるで、

――波の音が聞こえてるけど気にしないで。

みたいな感じ。

《霊》って言葉には驚いたけど、疲れてたし、朝井さんが、あんまり平気そうだったから、つられたっていうか、なだめられたっていうか、そのまま目を閉じて寝ちゃったよ。

翌朝のミーティングで伝えられた。金属音が側に来てた子が、帰ることになったって。身内に不幸があったんだって。

午前の練習が終わって、熱い砂浜を歩いてる時、後ろからすっと、朝井さんが寄って来た。《分かったでしょ?》っていうの。

「亡くなった人の魂が来てたんだ。あの音がそれ。――ああいうのラップ音て、いうみたい。普通の人に聞こえるのもあるし、聞こえないのもある」

《朝井ちゃんは――》って、わたしはいった。先輩でも、呼び合う時は《ちゃん》づけだった。


――朝井ちゃんは、そういうの、分かるんですか?

「体が弱いから、よく見たり聞いたりするよ」

弱くても、聞こえない人には聞こえないだろうね。

――怖くないですか?

「別に。――平気だよ」

――わたし、いつもは聞こえません。どうして、耳に入ったんでしょう?

「たまたま波長が合ったんじゃない。受信機のダイヤルとか、そういうのがぴったり合うみたいに」

おかしな気分だ。

——こういうことって、また、あるんでしょうか？

「うーん。若い頃、聞こえてても、大人になると、鈍っちゃうというか、常識的になっちゃうというか——受信の力が衰えるみたいね。——だから昔っから、神様の言葉を伝えるのには、子供を使ったらしい。小さい子の方が、霊に近いんだね」

そんなことも、教えてもらった。いわれた通り、大きくなってからは、もう不思議な音を聞くこともなかった。

だけどね、ほたるぶくろを見ていたら、はっとしたんだ。

5

霧の中に浮かぶように、おばあちゃんが亡くなった時のことが見えてきた。

わたしは五つぐらい、ユリはまだ赤ちゃん。勿論、はっきりした記憶じゃない。だけど、お葬式とか全部、終わった後、ほたるぶくろの鉢を見たような気がしたの。

わたしは、しゃがんだり這ったりして、その花を覗いてる。親戚の人が、

「何してるんだ？」

という。

わたしは、答えた。

——お花が鳴ってるの。

皆なが、笑う。

「釣鐘みたいな格好してるけど、鳴りゃあしないさ」

わたしはじれる。手を振って、いう。

——鳴ってる、鳴ってる。

暗くなって、気になる鉢の側に行くと、白い花のひとつが、ぽうっと明るかった。台所に走って行って、お母さんにそのことをいった。お母さんは、はっとして、わたしと一緒に、ほたるぶくろのところまで来た。

割烹着って、わたしが小学生の頃はもう時代遅れだった。だけど、ほら、うちのお母さんって好きだったじゃない。楽だし、洗いやすいって。だから、多分、その時も割烹着だったと思う。

そして、膝をついて、

「教えて。……どのお花が光ってるの？」

——見れば分かるのに、変だなあ。

と思いながら指をさした。お母さん、その花に顔を寄せて、何かいった。それから、わたしを抱き締めてくれた。

「ありがとう……」

そんなことがあった——気がする。

お母さんも小さい頃、わたしみたいに不思議な音を聞いたんじゃないかな。

それでね、もし、霊が小鳥のように飛んでいたとしたら、だんだん——疲れちゃうでしょ。

体重があったら、降りて休める。でも、もうちょっとだけ下にいたくても、浮いて天に行っちゃうものなら大変。

——柔らかに息をつけるところが、あったら……。

そう思って、お母さん、ほたるぶくろを採って来たんじゃないかな。

——おばあちゃんが、少しでも長く、自分と一緒にいてくれるように。

って。

6

わたしの鉢に、ほたるぶくろが幾つも下がった時、あの知らせがあった。

だから、とっても不思議な気がした。

わたしも大人になって、すっかり俗になっちゃった。もう、魂の音も聞こえない。でも、もしかしたら、

——お母さん、来てくれたのかも知れない。

そんな思いで、あの鉢さげて来たの。だからなのよ。美保ちゃんが、

「光ってるよ」

っていった時、

「ベルの音がする」

っていった時、思わず言葉につまったのは。

機知の戦い

1

入試関係の雑務も終わり、大学全体がほっと一息をつく。

大学の先生、教授などというと、はた目には暇な者の代表に見えるらしい。いやいや、とんでもない。センセイにも色々ある。外から来て話すだけの《お客さん》なら気は楽だ。専任教授になると、役割分担の重しが両肩にのしかかって来る。自分の研究をしているだけではすまない。

入試の時期は、格別、忙しい。若いうちは試験監督もやった。還暦ともなるとさすがに、そちらは免除される。

では体力の負担が減って、のんびり出来るか——といえば、それほど甘くはない。白髪頭を見込まれ、入試委員長にでもされてしまうと、本部に詰めねばならない。携帯片手に一日を過ごすわけだ。

座っているから楽そうに見える。何事もなければ——だ。なくて当たり前、不測の事態でも生じると、大洋で嵐に遭った舟のように、身も心もキリキリ揉まれる。

学部長やら何やらの役付きになっても、そうだ。ことと次第によっては、報道陣に追いかけられる。

面倒からは、出来るだけ距離を置いて来たわたしだが、それでも組織の中の人間だ。ある程度のことはして来た、させられて来た。

その、一年で最も気疲れする峠を過ぎ、待つのは、桜前線の東上と新学期。花粉症の人間にはたまらない。そうでない者には心の窓の開く嬉しい時節だ。

わたしは、寺岡《てらおか》君の研究室のドアを叩いた。それから、脇に抱えていたものを前に回し、大きな盆を持つようにして、反応を待った。

教室棟や食堂、あるいは中庭などと違って、この辺りは学生が少ない。普段から静かだ。まして、この時期はほとんど人の姿を見ない。わたしだって、いつもなら家でくつろいでいる。

今日は、寺岡君と話すため、わざわざここで落ち合うことにしたのだ。

「はい……」

という、かん高い声がして、寺岡君がドアを開けてくれた。

何年も前から一人部屋を与えられている。うちの大学の人気教授だから、まあ当然のことだ。専門はアメリカ現代文学。訳書が驚くほど多い。仕事ぶりの速さには、舌を巻く。原書が読めるのは当たり前だが、日本語にするのは難しい。それを、やすやすとこなしてしまう。

すでに定評あるものを研究するのは、大学教授お得意のところだ。一、二冊、研究書でも出ているようなら、安心して取り組める。ところが寺岡君は、まだ知られていないものを世に出す。この勇気と自信はたいしたものだ。ものによっては、アメリカの評価の先を行く。今では、《寺岡がいうのだから、価値があるのだろう》というところまで来ている。

素人に分かりやすい入門書も、数多く書いている。弁も立ち、テレビに出ることもある。一般向けのトークショーなどのチラシも見かける。カリスマ性というやつがあるのだろう。

しかしまあ、わたしからすれば、馬面に縁取りのくっきりした眼鏡をかけた、コオロギめいた小男だ。服装の色使いも、妙に派手である。《はて面妖な》と思ってしまう。いやはや、――こういう言葉の選択をしているようでは、現代ものは訳せない。ストレンジやミステリアスを《面妖な》では。

わたしの専門は、エリザベス朝演劇。アイ・ラブ・ユーの《YOU》が《THEE《ジー》》になったりする。我《そなたを》愛す――といったところだ。ゆかしくて、良いではないか。

ところが、今時の学生はそう思ってくれない。

文学部自体の人気が低迷して久しいが、昔なら、文学部といえば英文学、英文学といえばシェークスピアだった。ところが今は、『オセロ』をゲームとしか思わない学生までいる始末だ。《愚かにではあるが、しかし、深く愛した男です》などといっても、きょとんとしている。

やれやれ。

ドアの向こうから、寺岡君が、昆虫のように首を出し、出した首をかしげた。

「……おや？」

わたしが、わざとらしく抱えているものを見たからだ。

2

才能に惚れるものか、寺岡君には女性ファンが多い。

いや、多い――らしい。身近にいると、そう思える。うちの女房の友達がそうだ。三好《みよし》さん――という。息子が北海道の大学に合格し、下宿し始めたとかで、ひまを持て余している。うちには子供がいない。そこで学生時代に返ったように、うちのと二人、出歩いている。女房とは昔からの付き合いなのだ。

ということは、実はこちらとも顔見知りだ。わたしは女房と、大学の教室で知り合った。二十数年も前のことだ。そこに三好さんもいた。

といっても、並んで授業を受けたわけではない。女子大だったから、いかに学力があろうと、わたしには入学出来ない。

こちらは黒板を背に立っていた。今も昔も、大学で教えられる人間は、ごく限られている。恩師のお声がかりで、何とか「エリザベス朝演劇」を講じていた。週に二日ほど、顔を出す。こちらが講師、女房が学生だった。

年は十五ほど離れていた。質問のセンスがよかった。《おや》と思い、話してみると、無論、翻訳でだが、クリストファ・マーロウのひとつふたつは目を通していた。わたしの授業を受けるからには――と、律義に読んで来たわけだ。いかにもお嬢様らしい真面目さが気に入った。

何度か話しているうちに、狂人と恋する者と詩人の持つ、偉大なる妄想の力も手伝い、この人こそ我が生涯の伴侶と思うようになった。あちらも、それに応えてくれた。

何かと問題になる教師と学生の付き合いだし、職場が清純をむねとする女子大だった。わたしは徹頭徹尾、真剣にことを運んだ。無論、恩師の顔をつぶせない——という事情もあった。

年の差婚という言葉が、あちこちで囁かれる今なら、格別、目立たないかも知れない。だが当時は、ある程度以上の開きがあると、下世話にいう《毒牙にかけた》ような目で見られた。親御さんが、いい顔をする筈がない。

いやなに、バーナムの森でさえ動き、ベルリンの壁も崩壊するわけだから——と、四方八方に頭を下げ、何とか無事、一緒になることが出来た。

三好さんは、その頃、上小路《うえのこうじ》という奥ゆかしそうな姓だった。女房と仲がよく、こちらからすると、時には邪魔になるような、悪くいえばでしゃばり、よくいえば元気な娘だった。女房は何ともいわなかったが、後から当人の打ち明けたところによると、わたしとの交際には反対で、《思いとどまれ》と友情ある説得をしたようだ。けしからん。

彼女も、我々同様、卒業するとすぐ結婚し、三好さんになった。しばらくは、亭主の仕事の関係で仙台やら大阪やらで暮らしていたが、やがて東京に戻って来た。連れ合いの実家に住むことになると、これが、うちのマンションの近くだった。

腐れ縁だ。

それ以来また、女房と頻繁に行き来するようになり、わたしと顔を合わせれば、《センセ》と軽く呼びかけて来る。

　近頃は、テレビもチャンネルが増え、思わぬ教養番組が見られたりする。女房が録《と》っておいたそれに、寺岡君が出ていた。二人で見て、コオロギのどこが気に入ったのか、

「センセ、寺岡っていう先生と、お話させてよ」

と、来た。あちらは、ちゃんと《先生》になっている。女房から、《今、同じ大学にいる》と聞いたのだ。

「そりゃまた、どうして」

「だって、あの人、話が面白いんだもん」

　要するにテレビに出ているようなスターに会いたいのだろう。

　それにしても、四十代半ばとは思えぬしゃべり方だ。いまだに《三好ちゃん》といわれたいのか。この年頃なら、江戸は勿論、明治の頃でも立派に《老婆》だった。いい加減な悪口ではない。昔の記録を読めば、そうなっている。やれやれ、精神年齢は、二十一世紀に入り、低くなる一方だ。

　わたしといる時は、気分がタイムマシンに乗り女子大時代に返る、というなら、せめて教えを受けたお方への敬意もよみがえらせてほしいものだ。

　それはともかく、まつげを無理に強調した目を光らせ《会わせてえん》という。人気教授のオーラと共に、肩で風を切って歩いている寺岡君だが、なるほど、こういう層にもてるのか。

「――話が面白い？　しかし、きみと会って向こうは面白いだろうか」

「また、そんな意地悪いうー」

「いやいや、冷静なる発言だ」

三好さんは、あからさまに《嫌なジジイだ》という顔をした。

「それが意地悪なのよ」

わたしは、首を振りながら、

「寺岡君は、いまだ独り身だ。きみより、ひとつふたつ上かな。先輩として、いい相手がいたらと思わなくもない。——未婚で、きみでなければ紹介してもいいんだがな」

うちの女房は、昭和四十年代生まれらしく、清潔な黒髪だ。三好さんは、カーニバルにでも出そうな奇抜な頭で現れたりもする。わたしには、よく分からない趣味の持ち主だ。

「センセって、本当に、あたしの天敵ねっ。紹介だなんて、変なこといわないでよ。ただ、文化的好奇心を満足させたいだけですからね」

《向学心に目覚めたのなら、このわたしがシェークスピアの連続講義でもしてやろうか》といいかけ、やめた。うっかり、《してー》といわれたら面倒だ。

しかしながら、憎まれ口こそきくが、希望はかなえてやる。——これが大人のやり方だろう。何より、三好さんのいう通りにしなければ、《人気者に声もかけられない、影の薄い教授》と邪推されかねない。《しない》のを《出来ない》のだと思われたら、これは口惜しい。女房の耳に、変なことを吹き込まれてはたまらない。

それにまあ、友達の希望がかなえば、女房も胸を張れるだろう。わたしは、昔も今も、女房には甘いのだ。

それが、去年の暮れの話。丁度、——面白いDVDが手に入ったところだった。

3

ロアルド・ダールという作家がいる。今時の連中には、『チョコレート工場の秘密』で知られているのだろう。確か、しばらく前に映画化されたと思う。

昔は、巧い短編作家の代表だった。特に『南から来た男』という作が有名だ。世界名作短編のアンケートを取れば、誰かが必ずこれをあげる。

わたしは、あまりテレビを見ない。それで気づかなかったのだが、以前、『ロアルド・ダール劇場』という番組が放映されたそうだ。彼の短編をドラマ化したシリーズだ。これがDVDになっていた。

大学の同僚の、小坂《こさか》という男が、たまたまその『第一集』を買った。そして、

「これがね、思ったより、よかったんですよ」

と、わたしに貸してくれた。

いの一番の第一回が、当然のことながら『南から来た男』だった。

葉巻を吸おうという老人に、若者がライターで火を点けてやる。着火の具合がいい。老人は、そこで、ある賭けを提案する。若者がライターを十回続けてつけ、一度も失敗しなければ、何と新型のキャデラックを進呈するというのだ。こんな、うまい話はない。その代わり、一度でも着火出来なければ……。

文字通り手に汗握る展開である。これをつまらなくする方が難しいだろう、という原作だ。女房と一緒に見た。

老人を、ホセ・ファーラー。『アラビアのロレンス』で、サディスティックなトルコの軍人をやっていた俳優だ。普通ではない人間の味を、よく出していた。

最初に、原作者のダール自身が出て来て、短いコメントをする。この形式に既視感があった。

「こりゃあ、『ヒッチコック劇場』そっくりだな」

わたしは、テレビが白黒だった頃を知っている。おぼろげだが、その番組の記憶がある。まず巨匠アルフレッド・ヒッチコックが登場して、洒落たコメントをする。そして、ドラマになる。これに倣《なら》った番組作りだ。いわゆるオマージュだろう。

現代には、ネットという便利なものがある。それで調べると、『ヒッチコック劇場』には白黒の時代のものとカラーになってからの『新ヒッチコック劇場』があり、どちらでも、この作品が取り上げられていた。

白黒時代には、若者をスティーブ・マックイーンがやっているらしい。老人を怪優ピーター・ローレ。カラー時代の老人は、監督として著名なジョン・ヒューストン。

こういう演出の違い、役者の違いを見比べるのは、興味深い。シェークスピアの舞台など同じ脚本なのに、何度見ても面白い。そこに、人間の頭と心の働きが見えるからだ。

すぐさま、二つのバージョンを購入した。現代では、クリックひとつで物が買える。非常に便利だ。

それが丁度、三種類、揃った時だったから、

——四人でワイワイいいながら見たら楽しかろう。

と、思ったのだ。寺岡君なら、膝を打つようなことをいうかも知れない。どの役者が好みだったか、聞いてもいい。

4

かくして、その週末が、三作の連続上映会。寺岡君を我が家に招待しての集まりは、楽しいものだった。

「やっぱり、『ダール劇場』が一番、原作に近いですね」

と、寺岡君がいった。

「そうなんですか」

と、三好さん。

「ええ。『ヒッチコック』の方は、どちらもラスベガスが舞台になっている。賭けの話ですからね。そうした方が、物語の世界に入りやすいと思ったんでしょう。ラスベガスのネオンから始まる。夜の世界です。ところが原作の舞台はジャマイカだ。——空気が違うんですよ」

シェークスピアの劇にしても、上演の際、時と所を南北戦争期のアメリカにしたり、現代社会に置き換えたりと、色々な演出がある。

舞台の例も数限りなく挙げられるが、より自由なことの出来る映画では、リチャード・ロンクレインが監督した『リチャード三世』が印象的だ。一九三〇年代という設定にし、冒頭、戦車が壁をぶち破って現れる。これには観客も度肝を抜かれる。

最初の十五分ぐらいは、《どんな傑作になるか》と息を呑む。戦勝パーティの席上、リチャードがマイクに向かって、かの有名なスピーチ、《我らが不満の冬も去り》を始めるあたり、ぞくぞくさせられた。残念ながら、竜頭蛇尾ではあったが。

さて、ダール描く、問題の老人は、《別世界》の人間だった。どこども具体的には語られない《南》の男だ。ジャマイカが背景の方が、この感じがよりはっきり出る。『ダール劇場』版では、途中から登場する彼の妻がスペイン語を速射砲のようにしゃべったりもしていた。こういったところが、原作通り。おそらく、ダールの譲れない点だったのだ。

わたしは、いった。

「作者としては、出来るだけいじられたくない。映像化する方は、ひと工夫して、自分を出したい。そのぶつかり合い――戦いだな」

劇の場合、長大な作品だと、部分をカットしたりする。上演時間との兼ね合いで珍しくないのだ。しかし、新たな台詞《せりふ》を付け加えることは、原則としてない。

ここが、テレビや映画の《脚色》との違いだ。脚本家は、腕の見せ所と、はりきる。

わたしが、ひとつ指摘した。

「『ヒッチコック』版は、ライターを《安物》にしていたね」

よく火はつくが、高級品ではなかった。

「あれが、伏線になっていましたね」
と、寺岡君。結び近くに脚本家の、洒落た工夫が付け加えられていた。『新ヒッチコック』の方はといえば、やはり、つくか消えるか——というところで、前作とは違った展開を見せていた。こういうところが、プロの作り手の意地だろう。

女房は、ナンプラー風味のラム肉に、野菜もたっぷりと出し、これが酒に合って、食が進んだ。日にちは少しずれていたが、クリスマスパーティといった感じになった。

地味めのワンピースに、黒のレギンスだった。それにミントグリーンのカーディガンをひっかけていた。

主婦役もあるから、何度か席を立つことになり、発言の絶対量は三好さんに譲っていた。しかし、印象深い言葉を折々に残した。これは、ひいき目でもないだろう。雑談になると、寺岡君の会話のボールを、的確に返していた。

女房のちょっとした一言で、思いがけなく、彼の本をよく読んでいると分かった。四半世紀ほど前、わたしの講義——それは、ほぼシェークスピアについて語ったものだったが——に、マーロウを読んで臨んだ女房。

彼女は、春風が窓から入る教室で、ウェブスターやフォードの名が出ると軽くうなずいた。あの時を、思い出した。わたしも、まだ若かった。

——お客として迎える、この男のために《予習》をしたのだ。
律義なことだと、納得しつつ、わたしは、何となく嫌な感じになった。

5

年が明けて一月、寺岡君に連れられ、神宮前の「ダイアログ・イン・ザ・ダーク」というイベントに行って来た。

暮れの集まりの時、寺岡君から話が出た。それを聞き、皆、ぜひ行ってみたいと思ったのだ。

ドイツで生まれた《闇を体験してみよう》という試みだ。何人かのグループになり、光から完全に遮断された広い空間に入る。

現代の生活では、月や星のない夜でもどこかからの照明が目に入ってしまう。完全な闇を味わうことは、まずない。それを知るのだ。案内役には、目の不自由な方がなってくれる。

あくまでも、楽しい催しとして行われる。光が消えることをマイナスとせず、それによって、触覚や聴覚が、普段以上に豊かなものとなるのを実感するのだ。

まず薄暗い空間に入り、案内役の方の説明を受ける。そして、一本の杖を持ち、いよいよ闇の世界に足を踏み入れる。浮遊感に似た不思議な感覚。

草原に足を踏み入れる。草の匂いがする。その広がりが無限のものに思える。妙に懐かしい寂しさが、胸を襲う。隣を歩いていたのが、三好さんだ。

「センセ……」

と、囁かれ、その時は皮肉を返すような気持ちが自然に溶けていた。見えないところにシーソーがあるといわれ、探る。

「ここ……」

と、三好さんが手を取り、端につかまらせてくれる。いつもなら、馴れ馴れしい接触に嫌悪を感じたろう。だが、まるで母に教えられているように素直になれた。

シーソーの反対側に、寺岡君が乗ったようだ。わたしの体が、宙に何度か浮いた。

闇の中に神社があるという。そこに用意したお賽銭を上げ、鈴を鳴らした。

一本の杖と、何より先導してくれる案内役が、何と頼りになったことか。見えない茶店の椅子に座り、注文をし、こぶ茶やおかきを食べた。紙と筆を渡され、手探りで書き初めもした。

色々なことが新鮮で味わい深かった。感じるとはどういうことか、教えられただけではない。裸の付き合い——というが、感覚をひとつ脱ぐことにより、同行の人達と、より近しくなれた気がする。いや、それを求めるようになった。

三好さんと手を握り合ったりはしなかったが、あの中でなら、それも不自然ではなかったろう。仲間——という気持ちになれた。

だが、凡人であるわたしは、元の世界に戻ってしばらくすると、闇の中の繋がりの感覚を、洗い流すように忘れ始めた。そして、つまらないことを考えてしまった。

三好さんが、わたしの手を取ってくれたのなら、うちの女房もまた、あの男にそういうことをしたのではないか。

それは、繰り返すが、自然なことであった。いうまでもなく、ことさら問い質すようなものでもない。

だが、わたしはまたしても、――嫌な気持ちになったのである。

6

『南から来た男』の入っている『ダール劇場』は、『第一集』だった。つまり、続きがある――ということだ。

女房も《面白い》といったので、DVDを返した後、『第二集』『第三集』と、続けて買っていった。

名作といわれるものは、早めに映像化されている。それはそうだろう。ところが、『第四集』の最初が『味』だった。ダールの代表的短編集『あなたに似た人』冒頭の作であり、いかにも彼らしいものだ。それなのに、どうして映像化が遅れたか。

これは簡単に分かる。要するに、小説ならでは、文字ならでは――の作品なのだ。

リチャード・プラットという嫌みな美食家がいる。この男が、ワインの鑑定に関して天才的能力を発揮する。口に含んで、――ここで、寺岡君なら原文を示すところだが、わたしは田村隆一の訳を引かせてもらおう――《用心深い酒だね、そう、おずおずしていて、はっきりしないんだ、まるで気がちいさいんだから》、あるいは《愛想がいいね、このワインは、思いやりがあって、気持ちのいい酒だ――ちょっとみだらなところもあるけど、まあまあ、気さくなやつさ》などという。そして、どこの畑のワインかをぴたり、ぴたりと当ててしまう。

スコウフィールド家の主人マイクは、分かるかどうか何度も彼と賭けをし、いつも負けていた。それを座興として面白がっていたのだ。そして、どう考えても無理な名の知れぬ畑のワインを前にしても、リチャードは「絶対、当ててみせる」という。

意地になった主人が大きな賭けに応じる姿勢を見せる。するとリチャードは、「お宅の娘さんが欲しい」という。結婚したいというのだ。

晩餐の席である。同席した家族は、勿論、嫌悪の色を見せる。しかし、当てられぬことに絶対の自信を持つ主人は、賭けに応じてしまう。そして――。

という話だ。

予習好きの女房だが、ダールの短編に関しては前以て読むなといっておいた。原作を知っている者と知らない者が見るから面白い。まっさらな目が映像作品をどう感じるか、知りたいからだ。

結論をいうと、この脚色は非常によく出来ていた。

まず、テレビの美食番組に出ているリチャードから始まる。晩餐会の場面だけでは平板になる――という配慮であろう。いかにもテレビ向きな出だしだ。ここは、どちらかといえば、ただ俗になった感じ。見事だったのは、最後である。

女房も、「原作では、どう書いてあるの？」といった。そこで、わたしが田村訳を見せた。

このつづく沈黙のなかで、私はマイクに気がついた、彼はゆっくり椅子から身をおこすと、顔があからみ、眼を大きくひらいて、口をねじまげ、鼻孔のあたりに、あの危険な白い斑点をうかべはじめたのだ。

「マイケル！」夫人が声を出した、「ね、おちついて、マイケル！　おちついて！」

これだけ読んだのでは、何が何だか分かるまい。そこまでの緊張があってこその、結びなのだ。文章だから収まるこの結末を、忠実に映像化するのは難しい。よほどの演技力、カメラワークがなければ、間の抜けたものになるだけだ。

だからこそ映像にはしにくい――わけだ。それでテレビ化が遅れたのだろう。ところが、『ダール劇場』では、ここを実にうまく処理し、乗り切っていた。

「原作は『味』、テレビが『ワインの味』。日本版の訳題ではあるけれど、並べると、テレビの方が説明的で浅くなるのが分かるね。その《説明》して《見せ》なきゃならないところを、見事に《見せ》てくれたわけだ」

文章は文章、映像は映像。別のものとして成功していた。

そう説明すると、女房が面白がった。確かに、わたしのいう《原作と脚色はプロの仕事のぶつかり合い》の好例だ。そしてぜひ、これを教材に、『ダール劇場』鑑賞会の第二回を開きたいといい出した。

いけない――などという理由はない。女房が《ぜひ、そうしたい》という目をしているのだから。

7

寺岡君に来てもらうのは、申し訳ないところもある。彼は、《日本語字幕のついた画面がつらい》というのだ。教材として映画を使うこともあるが、その場合は字幕のない形で映すらしい。なぜか。

分かりやすい例でいえば、お殿様と八っつぁん熊さんでは、しゃべる言葉が違う。寺岡君は、耳に入ると瞬時に翻訳出来るらしく、そういう語感と字幕のずれが不快だというのだ。北部と南部、下町なまりと一般人、上流階級との言葉のニュアンスの違いも、細かく分かってしまう。そこが納得出来る訳になっていても、字幕なら当然、限られた字数でまとめられる。頭に浮かぶ自分の言葉と、同じものは出て来ない。台詞ごとに、それを見せつけられ、生理的につらくなるようだ。

だから、あちらで映画を見ることはあっても、日本の映画館には行かないそうだ。

我々と一緒にテレビに向かうと、その点で無理をさせることになる。

わたしは——といえば、古いタイプで、現代語のヒアリングはあまり得意ではない。無論、四百年前の英文を読ませれば、彼にひけはとらない。餅は餅屋だ。

しかし、今の洋画などは字幕つきで見る方が楽だ。あちらの学者としゃべるのも、好きではない。

無論、『ダール劇場』ぐらいならついて行ける。しかし当日は、三好さんも女房もいる。寺岡君には、ストレスを我慢してもらうことになる。そこはすまない。だが、女房の目を思うと、何とか来てもらいたくなる。彼の著書について、聞きたいこともあるようだ。向学心の衰えない女房なのだ。

そのためにも、映像版『ワインの味』の結末の工夫について、寺岡君にいささか大袈裟に吹き込んでおいた。「見事である、まさに切れ味がいい」と。そういわれれば、《はて、どうなることか》と思う筈だ。疑問を持てば、解決したくなる。——それが研究者の資質だ。性《さが》といってもいい。

いってみればわたしは、コオロギの前に、食いつきやすい餌を投げた——ようなものだ。

「『味』ですか。……いかにも、ダールらしい短編でしたね」

「そうだった。あれにも、賭けが出て来る」

賭けと夫婦間の葛藤は、ダールのよく扱うテーマだ。童話を多く書いた、子煩悩な父親だが、妻との間は熱々とはいかなかったようだ。そんなところも、反映されているのだろう。

「来てくれんかね。うちのはもう、どんな料理を作ろうかと考えているようだ」

「それは、楽しみですね。——奥様は、本当にお料理が上手ですから」

「いや何。サラダにリンゴを入れたりしていただろう」

「ええ。アンチョビとクリームチーズとリンゴと……クルミでしたっけ？」

と、寺岡君はなかなか舌の記憶がいいようだ。

「親戚のむくつけき男が来た時、出したら、《デザートっぽい》と、不評だったんだが」

「そんなこと、ありません。いいセンスでしたよ。それこそ、お出しいただいた辛口のワインに合っていた」

女房は、寺岡君の胃袋をつかんだようだ。それで、この間の土曜に集まりを設定した。

ところが、間の悪いことはあるものだ。

前々日の夜、わたしの携帯が鳴った。院生の女の子からだ。助手をやっている。女房の前で、出ることになった。

「こんな時間に、申し訳ございません。今日、お話されていたご様子が、気になりまして……」

8

いかにも心配そうな声が続く。

「ひょっとしたら、先生、名古屋の研究会の日にちを、……勘違いなさっていらっしゃいませんか」

学会が多いのは六月と十一月だ。ただの研究会なら、一年中ある——といってもいい。

「う？」

土曜日に寺岡君を呼ぶことを、ちらりとしゃべったようだ。彼女は、その場では聞き流した。しかし、《どうもおかしい。どうしたものか》と迷った末、電話して来た——というわけだ。

「間がありませんので、失礼を承知で……」

メールだと気づかない時もある。急ぎの時には、電話してくれといってあった。

「待ってくれよ。すると、僕は明後日、名古屋に行くのかい」

立ち上がって、カレンダーのところに行く。予定は、それに書き込む習慣だ。二十一世紀的ではなかろうが、その方が、わたしにあっているのだから仕方がない。アナログ型の人間なのだ。

指で、土曜のところを指し、確認する。

「――名古屋行きは、来週になっているが……」

「間違いです。日にちを確認の上、お電話しております」

大変だ。明後日どころか、後少しで、明日のことになってしまう。

わざわざ電話して来てくれたのは、ただの親切からではない。他人事ではないのだ。

丁度、京都の先生の発表がある。彼女の研究テーマの権威だ。《聞きに来なさい》と、声をかけてあった。彼女の発表はないから、旅費は出ない。自腹になるが、食事代ぐらいなら面倒みてやれる。夜は大先生と一緒に食べられるよう、はからった。顔つなぎになる。有意義なアドバイスが得られるかも知れない。

その代わり、面倒なことを全部、おまかせした。新幹線の切符や、泊まるホテルの予約もやってもらった。わたしは何も考えず、ただ、東京駅で落ち合えばいい。大いに助かった。

こういうわけだから、こちらが一週間、勘違いしても、軌道修正の面倒はない。わたしが、誤りなく行けばいいだけだ。

「うっかり、すっぽかすところだった。助かったよ」

礼をいって、電話を切った。女房に、《来週の名古屋出張は勘違い。明後日だった》と告げた。だが、あまりいい顔をしない。

「三好さんにも、いってあるんだろう。寺岡君だって、二回目だから、道も分かっている。大丈夫、予定通り、集まればいい」

しかし、不機嫌のわけが違った。どうやら若い娘から電話があったのが気にいらないらしい。

「妙なことを気にするんだなあ」

「だって、ホテルに泊まるんでしょう」

わたしは思わず、大昔の映画の登場人物のように肩をすくめてしまった。

「馬鹿だなあ。部屋は別だよ」

「当たり前です」

「何いってるんだい。お前の目の前で、やり取りしたんだ。――やましいことがあったら、電話に出ないだろう」

「あなたは、反射的に出てしまったんです」

「おいおい」

最初は、すねるのが可愛らしかった。それが、段々、うるさくなって来た。

「嬉しそうでしたね」

「無愛想には出来んだろう。世話になるんだから」

「いいですねえ。お世話になって」

若い院生と同じホテルに泊まるというだけで、不愉快極まりないらしい。厄介なものだ。まあ、薄々そうではないかと察していたから、特別、断りもしなかった。いやいや、それが当たり前だ。わざわざ出張前に、若い助手に付き添ってもらう——介護してもらうといいたくなって来るが——などと、説明しておく方が変だろう。

電話から、注ぎ過ぎたデザートワインのように、とろっと漏れた声のおかげで、おかしなことになってしまった。

9

そして、一週間、経った。

10

「何ですか、それは？」

と、寺岡君がいった。

「見て分からんかね、ＤＶＤデッキだよ」

「それは……そうですが」

わたしは、《よいしょ》と掛け声をかけながら、寺岡君の研究室に入って行った。昔のビデオデッキは大きかった。長い距離を一人では、とても運べない。今のそれは驚くほど、薄型軽量になっている。わたしも、すぐそこまでは、片手で脇に抱えて来た。

わざと横にして入って行くのは、見かけの威圧感のためだ。

――どうしたんだ？

と思わせたい。戦いでいえば、先手を取るわけだ。

研究室の窓からは、運動場とその先に連なるビルが見える。明るい春の光が溢れている。窓際に、寺岡君の机がある。

部屋の両側には棚。本やプリント類が置かれている。何度か来たことがあるから知っているが、ＤＶＤデッキとテレビのセットもあった。寺岡君は、映像教材も使う。その内容を確認するため、置いてあるのだ。

中央には長机がある。椅子が何脚か置かれている。わたしは、そのひとつに座った。卒論指導を待つ、学生のようだ。持って来たデッキは、机に置いた。

今日は、何のご用で？――といわれる前に口を切った。

「出張先で、夜、家内からメールをもらったよ。――《『ワインの味』の集まりは、流れた》とね」

「はあ……」

「三好さん――この前、来た、家内の友人だが――彼女の旦那が、熱を出して倒れたという。うんうん、うなっている。さすがに、抜けて来られなくなった。——さて、四人のうち二人、欠けてしまった。しかも、男の人と二人だけになる。これは、具合が悪い。そこで、君に電話し、取りやめにしたそうだ。——そんな事情が、簡潔に書かれていた」

「はい」

「知っての通り、わたしは用心深い方だ。不測の事態に備え、君の連絡先を書いたメモを冷蔵庫に貼っておいた。それが役に立ったわけだ。——《また仕切り直しをすればいい》と思いつつ、わたしは君にメールした。《取りやめになったそうだね。こちらから、頼んでおいて申し訳なかった》と。——君からすぐに、《いやいや、お気になさらず》という返事が来た」

寺岡君が、首を縦に振った。わたしも頷き、

「——さて、ここまでは何の不思議もない。ごく自然な流れだね」

「ええ」

「ところがだよ」と、わたしは身を乗り出し、「小坂君に会ってねえ、——彼が『ダール劇場』の『第一集』を貸してくれたんだ。——その彼がいうんだよ。寺岡君と飲んだ。そうしたら、『ワインの味』の話になり、小説とテレビの違いについて君がしゃべった——と。小坂君は、『第一集』しか持っていなかった。だから、興味深く聞いた。——彼が僕の顔を見た時、その件を告げるのは、これまた、自然な流れだろう？」

寺岡君は、眼鏡の厚いレンズの向こうの目をしばたたき、頷いた。わたしは顎を撫でた。不精髭が、指の腹に当たる。

『『ワインの味』を話題にしてくれるのは、大いに我が意を得たりだ。まことに嬉しいよ。しかしねえ、会は流れてしまったんだろう。君は、うちに来なかった。あの番組を見てはいない。見ない限りは、どう察しがよくても、テレビ版の結末など分からない。そうじゃないかね？」

11

寺岡君は口を、両手で引いた糸をたるませるように緩め、

「いやあ、それは先生の、気の持たせ方がお上手だったからですよ。あの結末について、随分と話されたでしょう。どうなることか、と思いました。それなのに、《見られない》となったら、こりゃあ気になります。——で、お宅にうかがえないと分かった時、すぐレンタルの注文を出しました。今は早いですよ。月曜には、もう届いた。——そうだ」

と、机の上にあった濃紺のビニール封筒を取り上げた。微笑みをそのまま貼り付けたような口元で、続けた。

「——丁度、ここにあるんですよ。ほら、『ロアルド・ダール劇場　第四集の一』」

彼はそういって、中のＤＶＤを出して見せた。わたしは、しばらくそれを見つめ、腕組みをし言葉を返した。

「……便利な時代だねえ」

「本当にそうですよ」

「仮に——仮にだよ、小坂君にしゃべってしまった後、あわててレンタルの注文を出した——としても、今頃はもう届いているわけだ」

　寺岡君は、愉快そうに、

「やあ、何をおっしゃるんです。——先に見ていなかったら、しゃべれないでしょう」

　わたしは、広い窓の外に目をやった。いい天気だ。ややあって、《そうだねえ……》といい、しばらく目を閉じた。

　寺岡君は黙っている。わたしは目を開いて、続けた。

「……ねえ君、今更、いうのも釈迦に説法だが、シェークスピアの喜劇の中では、口の悪い恋人達が、機知に富んだやり取りをしたりする。言葉の火花が散る。……機知の戦いというわけだ。つまりは、《ああいえばこういう》の、ごく洗練された形だ。わたしは、あれが好きでねえ。……そういう抜け目のない頭の働きには、どちらかというと敬意を払うんだよ」

　寺岡君は、眼鏡の縁に手をかけ、

「——どういうことでしょう」

「いや、……まさに言葉通りだ。それ以上でも、以下でもない。さて、ごく頭のいい誰かが、人のうちに来たとする。彼は来たことを知られたくない。そこで、痕跡を消そうとする。持って来たものは全て持ち帰ったつもりになる。だが、思いがけないものを残していく。……天網恢々疎《てんもうかいかいそ》にして漏《も》らさず、だなあ。その、ちょっとした忘れ物から足がつく。……そういうことはないだろうか」

「………」

愉快そうだった色が消えた。わたしの持って来たデッキを見る。

わたしは、その上にゆっくりと手を置き、指で軽く叩いた。

「例えば、……見たＤＶＤを、抜かずにそのままにして、帰ったり……」

生活の中では、よくあることだ。誰しも経験するだろう。一瞬、寺岡君の頬がこわばりかけた。しかし、すぐに緩んだ。

わたしは、追いかけるように、

「いやいや、注意深い彼だ。もし、……ＤＶＤを残して行くようなら、それは最初からデッキに入っていたものだろう。となれば、そのままにしておくのはミスではない。むしろ、……抜いてはいけないのだ。痕跡を残したことにはならない」

わたしは、目の前のデッキを軽く叩き、

「――ところで、これを、そのテレビに繋いで貰えるかね」

「はい？」寺岡君は、口をとがらせた。「何か、ご覧になりたいなら、ぼくのプレーヤーで見られますが？」

わたしは、同じ言葉を繰り返した。寺岡君は、いぶかしそうな顔をしながら、線を繋ぎテレビをつけてくれた。デッキの電源も入れる。ＤＶＤが入っているから、オープニングの後、選択画面になる。

わたしは背広の内ポケットに手を入れた。何とペンでも手帳でもなく、リモコンが入っている。かさばったが、何とかおさまった。わざわざ、持って来たのだ。それで、オールプレイを押す。

すでにおなじみになった『ダール劇場』のテーマが鳴り出した。

「見ていたまえ」

飛行機が映り、操縦士達の会話になる。やがて、スチュワーデス――今はキャビン・アテンダントとかいうらしいが――まで映る。

「もういい。そこまでで、十分だろう。今度は君が借りたという、そのDVDを入れてくれたまえ」

『ワインの味』の入っているものだ。同様に再生する。始まって、少し経ったところで止めてもらった。

寺岡君は、黙っている。

「この機械は、無論、わたしのうちから持って来たものだ。最初に映したものと、二回目では違いがある。分かるね」

寺岡君は、なおも黙っている。わたしは続けた。

「今の君の顔は、まるで不思議なことの書いてある本のようだよ。――さて、うちから持って来たまま再生した時は、字幕が映らなかったろう。しかし、DVDを入れ替えたら字幕が出た。どちらも『ダール劇場』なのに、おかしなことだねえ。――では、こうしてみよう」

わたしは、『ワインの味』をもう一度再生し、リモコンの《メニュー》ボタンを押した。《字幕設定メニューへ》を選ぶと、

日本語
英語
なし

になった。《なし》に設定し、前に戻り、《オールプレイ》。字幕は消える。これは当然だ。設定が変わった。そこで、電源を落とし、また入れた。字幕は――出ない。

「ＤＶＤを入れ替えたり、ハードディスクに切り替えたりすると、元に戻ってしまう。――だが機械をいじらなければ、――そのままにしてあれば、字幕の設定が――残ってしまうのだよ」

12

「わたしは字幕なしで見たりはしない。女房は勿論だ。いや、そもそも洋画を字幕なしで見るような人間は、世間にあまりいないのだよ。そして設定が、誰もいじらないのに変わったりすることはあり得ない。……そうだろう？」

わたしが繰り返し強調したように、寺岡君は頭がいい。そうでなければ、図太く、しらを切ったろう。論理など簡単に踏みにじる。だが、彼のような人間には、知性は命だ。理詰めで来られると、《なるほど仕方がない》と屈服する。そうなる筈だ。わたしは、さらにいう。

「……出張から帰って来た時、デッキの設定が《字幕なし》になっていた。出掛けた時と違う。《どうしたものか》と逡巡していたところで、小坂君の話を聞いたのだよ」

寺岡君は、立ったまま長机に手をつき、頭を下げた。

「……申し訳ありません。つまらない嘘をつきました。自宅の方にご連絡をいただき、その時にはもう出ていまして……」

「そこで、《せっかく来たのだから、『ワインの味』だけでも見て行きませんか》となったわけだ」

「はあ。食べるもののご用意も、なさっていたので無駄になるのも……」

「二人だから、字幕を消し、君が弁士になって見たわけだな」

それは、不快な光景だ。かん高い声が、即座に訳した台詞を、なめらかにしゃべったのだろう。

「ええ。少しはワインも飲みました。歓談はしました。しかし、それ以上のことは何も……」

わたしは、天井を見た。

「うむ」

「奥様が、帰りがけ、《男の人を家に上げたことは伏せておきたい》と、おっしゃったので、つい……」

軽い気持ちでテレビを見ても、その時間が《楽しかった》としたらどうか。うちの女房なら、――罪悪感を感じただろう。その後、こちらにメールして来たのだ。

わたしは、への字に結んだ口を解き、

「……疑えば……きりがない。ただ、わたしはね、君に嘘をつかれるのは、嫌だったんだよ」

女房には何も、聞きたくはない。《わたしが、これに気づいたということ》、そのものを黙っていてやりたい。

若い娘と名古屋に行った件では、《信じてくれ》と思った。《疑うのも、馬鹿馬鹿しい》と不快にさえなった。となれば、女房を信じるのは当然の義務だろう。コオロギ風情を肩にとまらせるような彼女ではない。そう思おう。そうでなくては、夫婦などやっていけない。

さもなくば、ダールの幾つかの物語に出て来る亭主のように連れ合いの手にかかり、あっさり葬られてもよかろう。

「しかし、君ももう少し、注意深くなった方がいい。最初に見せた字幕なしの『ダール劇場』。あれは『第五集』の『ハイジャック』というやつだがね。――《なぜ、『ワインの味』をそのまま持って来ないのか》とは思わなかったかい」

「あ……」

「DVDの初期設定というのは、実に様々なんだ。わたしも今回のことがあったから、何度か実験してみた。『ダール劇場』などは、『第何集』かによって、実によく変わる。吹き替え音声のあるものもある。そして、不可解なことには、『第五集』から《字幕なし》が標準になってしまうのだよ」

　寺岡君は、あんぐりと口を開けた。

「――コンセントまで抜いて持ち運ぶから、何かミスがあってはいけない。失敗のないよう、それを入れて来たんだ。あのＤＶＤなら、設定を変えない限り、逆に《字幕なし》になるのだよ。――とにかく最初の一撃で、間違いなく、君を倒そうと思ってね。――研究者たるもの、あらゆる可能性を考えないといけない」

　寺岡君は、複雑な表情になり、

「じゃあ、《出張から帰って来たら、字幕がなかった》というのは？」

「そこまで嫌らしい引っかけはしない。本当のことさ。――だから、その状態のデッキを持って来るのが一番だ。しかし、そうはいかなかった」

「何故です？」

「ハードディスクの中に、女房が、毎週、楽しみにしているお笑い番組が入っていたんだよ。《見るな》とは、いえんだろう。いったん、そちらに切り替えれば《痕跡》も何も消えてしまう。だが、仕方がなかろう。――わたしも一緒に、大笑いしながら見たさ」

　生真面目にいったのだが、寺岡君は、肩の力が抜けたらしい。

「君、こういったからといって、わたしが苦しまなかったと思うのは大間違いだよ」

　わたしは、ぐっと眉を寄せた。老眼のせいではない。

「――嫉妬は確かに《緑色の目をした怪物》だ。夜ごとに、様々な妄想で人を苦しめる。収穫といえば、身をもってそれを知ったことぐらいだな」

黒い手帳

1

二月の、もう暗くなりかけた頃だった。

「あなた、先生がいらしたわよ」

といわれ、楠田《くすだ》は、一体、誰が来たのかと思った。

この春で、会社からも退くことになっている。議員さんに頭を下げに行くこともなくなった。習い事をしているわけでもない。《先生》といって、とっさに思い浮かぶ顔がない。

「木島《きじま》先生よ。小学校の――」

そういわれて、また妙な気がした。

そろそろ皆が定年という節目を迎える去年の暮れ、何十年ぶりかで小学校の同窓会をやった。六年生当時の担任のうち、生き残っていたのは木島勝利《かつとし》先生だけだった。

今は、神奈川の西の町に住んでいる。結婚した長男が建てた家に、同居しているそうだ。

「ケイサツの奴、なかなか、しぶといな」

幹事の集まりをやった時、そういう声が出た。

「伊豆に近いんだろ。こっちとは、冬の冷えが違うのさ」

楠田達は北関東の、寒風吹きおろす町に暮らしている。

「長生きするよ、あいつ」

木島は、人気のある担任ではなかった。怒る時も、からっとしない。ネチネチとからみつくように迫って来る。

くすんだ色の背広のポケットに、いつも黒い手帳を入れていた。生徒の情報が、あれこれ書かれているようだった。いわゆる閻魔帳《えんまちよう》の、さらに細かいやつだ。

誰かが花瓶を割ったりすると、早速、手帳に状況を書き込む。生徒達から、聞き取り調査をし、それも記して行く。

「あれは、ケイサツ手帳だ」

と誰かがいった。そこから、ケイサツというあだ名がついた。痩せていたから、ガイコツという者もいた。続けて、ガイコツケイサツとも呼ばれた。どれにしても、愛に満ちたあだ名ではない。

当時は、木島もまだ二十代だったろう。それでも、小学生の目からは立派な大人だ。昔のことだから、反抗など出来ない。社会全体が、教員には《先生様》と敬意を払っていた。

そういうわけで楠田達は、ケイサツの支配下で、あまり楽しくない一年を過ごした。

「どうだ、——呼ぶか？」

「そりゃあ、同窓会だからな。先生がいた方が格好がつくだろう」

というわけで、ケイサツにも手紙を出した。

木島からは、招かれて嬉しい、楽しみにしている——という、普通の返事が来た。神奈川の西から、関東の北の町まで足を運ぶことになる。なかなか大変だ。

遠くからやって来る同窓生もいる。帰りのことを考え、開催は昼にした。近隣の者、残れる者で、二次会をやった。三十人ちょっといたのが夜には半分になったが、木島はそこまで付き合った。

泊まりを心配すると、妹がこの町に残っている、そこに行く――という話だった。

髪はさすがに白くなったがまだ残り、肩や腕も喉も相変わらず細い。ただ、腹だけが狸のように膨らみ、異様な体型だ。

「いやあ、先生。声が変わりませんね」

と、何人かがいった。ケイサツに、こってり絞られた連中だ。

木島は、かん高い声で、

「いやあ、そうかな」

といいながら、剃り残しのある顎を撫でていた。

2

その木島がなぜ――と思った。同窓会があったのは去年の暮れ。二カ月ほど前だ。

ひっかけていた綿入れの半纏《はんてん》をジャケットに替え、玄関に出た。木島がこちらに来たわけは、すぐ分かった。喪服を着ている。

「ご不幸が？……」

「うむ。――妹がね」

突然の来訪は迷惑である。炬燵《こたつ》のある茶の間は散らかっている。六畳間に電気ストーブを持って行き、そこで対面した。

「急だったので？」

「うん、風呂場で倒れたんだ」

葬儀から火葬場にまで行って来たところだという。それにしても、なぜ、楠田の家に寄ったのかが分からない。

木島は正座すると、腹のあたりに手をやった。立っている時はまだいい。だが、座るとズボンの腹周りがきつく、苦しくなるらしい。ベルトを緩めてから、茶を啜《すす》った。

「寒くありませんか」

木島の背中の方に、電気ストーブが向けてある。

「大丈夫だよ」

そうつぶやいてから、木島はごとりと茶碗を置いた。そして、いった。

「――『蚊柱』はどうだったね」

「……は？」

相手は、すぐに答えず、楠田の表情をうかがっている。

楠田は筋肉質でこそないが、体に肉がついている。上背もある。子供の頃とは違う。年寄りに圧倒されることはない――筈だが、嫌な気分にはなった。おかしいが、何となく――心細い感じだ。

ややあって、木島はいい直した。

「――『蚊柱』だよ」

むーんと音を立てて群れをなす小さい虫の、不快な絵が頭に浮かび、顔をしかめたくなり、

――待てよ。こんな気持ちになったことがあったぞ。

と眉を寄せ、そこで思い出した。

木島は、同窓会の時、皆に自作の句集を配ったのだ。わざわざ神奈川の端からやって来たのは、そのためもあったろう。

かなり金をかけたらしい、立派な本だった。黄土色の表紙に、かつて黒板で見慣れた、木島の骨張った文字が刷られていた。自筆で『蚊柱』と書いたのだ。

「あ……、はい」

句集の題がそれ。いい感じはしなかった。女の同窓生には、特に不評だった。そして、楠田も虫が苦手だった。

「分かったかね、何のことか？」

木島の皺に包まれた目で睨まれる。

「ええ。……勿論です」

勿論……などといってしまった。

「うむ。で、――感想は？　――どうだね？」

ぐっと身を乗り出すわけではない。だが、そこはケイサツだ。錐《きり》で揉みこんで来るようなところがあった。

「は、はあ。……やはり……」

なぜ俺に？　――と思う。格別、国語の成績がよかったわけではない。席の近い熊倉という奴は、勉強も出来た。あいつなら、気の利いたこともいえるだろう。顔立ちも似ていた。熊倉と間違えているのだろうか。

高い老人声が迫る。

「――やはり？」

「季節の……その……雰囲気が、よく出ていると思いました」

『蚊柱』というのだから、夏の句が入っているのだろう。函入りの本だ。正直いえば、一応、抜き出してぱらぱらめくってみたが、それだけでまた函に収めた。ひとつふたつの句は目に入ったが、覚えていない。

「――どんなところが？」

「いやその……」

しつこい奴だ、と思った。

まだ先生のつもりでいるのか。ここは教室ではないのだ。いっそ最初に、

――読んでいない。

と、断ればよかった。

しかし、渡されてから二カ月経っているのだ。どうも、後ろめたい。相手が昔の担任だと、休み中の宿題のことを聞かれているようでもある。

「何せ、あれからふた月もありましたんで……。読んだ時には、あれこれ感じるところも

あったんですが……」

楠田は、薄くなった頭を掻きながら、続けた。

「……いやあ、昔のことは覚えていますが、近いことを忘れてしまう。すっかり年です。……先生のように矍鑠《かくしゃく》とはいかない。……だらしない話で……」

と、苦笑いして見せた。

3

膝をくずして——といったが、木島は姿勢をかえない。楠田も窮屈なままだ。

これでもう、句集の話は終わりだろう——と思うと、そうではなかった。

木島は、ゆっくりといった。

「あの本に、誤植があってね」

「……はい？」

「字が間違っているんだ。どうも気になる。直しておきたいから、ちょっと持って来てくれるかね」

頷いて立ち上がった楠田だが、さて、どこに置いたろう。普段から、あまり本など読む方ではない。大きな本棚などない。

あるとすれば炬燵の周りだ。雑然と色々なものが積んである。女房が買って来たレンジで温める湯たんぽの空き箱なども置いてあった。そういうものをどけて探したが、見つからない。

他に心当たりもない。六畳間に戻って、頭を下げた。

「すみません。とっさに出て来ませんで……」

「――そうかね」

「何かメモでもいただければ、こちらで直しておきますよ」

「ふうむ」

木島が、口をへの字にして睨む。何ともいいようがないから、

「……お茶、温かいのにしましょうか」

といってみた。そろそろ、帰ってくれないか――という意味でもある。

木島はゆっくりと腕を組む。そして、いい出した。

「教室の廊下側の窓ガラスが割れたことがあった」

「はあ？」

「朝、来てみたら割れていたんだ。前の日、――残って、黒板に悪戯《いたずら》描きをして――遊んでいた連中がいたという」

そういえばそんな《事件》で、ケイサツに取り調べられたことがある。

「結局、誰がやったか申し出る者はなかった。実に情けない。――新しい時代になって、様々な権利を得たが、それは必ず義務を伴うものだ。自由の意味をはきちがえてはならない」

木島のいう《新しい時代》は、第二次世界大戦終了後――のことらしい。

「わたしはガラスを割ったことよりも、己の過ちを、自ら認める者のなかったことを残念に思う。──そうではないかね」

「はあ……」

「──三つ子の魂百までという。卑しい心根の者は、そのままの心を抱えて生きて行くことになるぞ」

八十に近いケイサツの声が、半世紀前の教室にいるように聞こえた。

「……」

「ひとつ嘘をつけば、それをごまかそうとまた嘘を重ねることになる。坂道を下るようなものだ。勢いがついてしまえば、もう踏みとどまることが出来ない」

「……」

木島は、残った茶を啜った。そして、いった。

「今日、帰ろうとしたが時間があった。駅前の大きな本屋に入った。すると、これが──古本を扱う店だった」

新古書店というやつだ。こんな田舎町にも支店が出来ていた。

「……はい」

「そこに、こんな本が出ていた」

ぞくりとした。木島は脇に置いた紙袋から、一冊の本を取り出した。黄土色の函。『蚊柱』だ。

楠田の頭の中に、目まぐるしく一連の映像が流れた。女房が部屋を整理する。読まれぬまま捨て置かれている本がある。まだ、新しい。汚れていない。函に入っている。

細かい女だ。

――紙ごみに出すより、売れるかも知れない。

そう考えた……かも知れない。そして駅前の店に持って行く。そんなことがあった……のかも知れない。いや、ケイサツがここに来て、こんな話をしつこくしているのだ。そうとしか考えられない。

「君は、これを売りに行ったりしたかね」

「いえ……」

事実、身に覚えがないのだから否定した。ちらりと、謝ってしまおうかという思いも浮かんだ。

しかし、本を貰った人間は三十何人いるではないか！

――この町の人間でも十人ぐらいはいたろう。そうだ、何も、自分が貰った本とは限らない。

そういう思いが頭をかすめ、《すみませんでした》といい損ねた。

木島は、楠田の顔を嘗《な》めるように見やり、それからゆっくりと本を引き抜いた。

「君も知っての通り、わたしは、同窓会の出席者名簿を貰ってから、一々、この本にサインをしたのだよ。《何々様へ　木島勝利》とね。そして、我が手でこれを運んで来たのだ」

楠田は、肉厚の唇を、あっと開けた。そうだ。確かに、そういうサインがしてあった。

ケイサツの手が首筋にかかったような気がした。背中が、ひゅうと寒くなった。

木島は、『蚊柱』を開いた。見返しは赤だ。楠田は、そこに自分の名を見ると思った。

だが、――違った。

4

署名がある筈の真っ赤な紙は、綺麗に切り取られていた。

ほっと、肩の力が抜けた。

女房は気のつく女だ。《楠田》という名が出てはまずいと思ったのだろう。狭い町だ。誰かが見るかも知れない。

――よくやった！

褒めてやりたい。

無論、名前がないのだから、この家から出たものという確証はない。しかし、楠田はもう、女房の手柄と、一筋に思い込んでいた。

木島は、なぜか、にっと笑った。そして、いった。

「――小賢しいことをしおる。いや、それとも少しは――良心がとがめたのかな」

そこまでいわれる筋合いもない、と思った。

――自分で勝手に押し付けておいて何だ。こちらから頼んだわけでもあるまいし。

楠田に、少し余裕が戻って来た。

この町の人間だけではない。仙台や東京から来た奴でも、疑えば疑える。あの日、帰りがけに売り払って行ったかも知れない。そうだ、荷物になるのが嫌で、そうした可能性だってある。

「……さあ、どうでしょうか」

楠田は、もう白を切り通すつもりだった。どうせケイサツは、すぐ神奈川に帰るのだ。二度と来ることもあるまい。

——それにしても、

と、楠田は思った。

——俺の名前が書いてあるわけでもないのに、どうして来たんだ？

木島は、その疑問に答えるように、薄い唇を動かした。

「——楠田。この本は、わたしの俳句生活の結晶だ。生涯の総決算だ。——最後のページに、何年何月刊行、そして限定三百部の内、——何番かが記してある。わたしは一冊一冊、心をこめて数字を書き込んだ」

木島は、血管の浮いた手を喪服の胸ポケットに持って行った。遠い昔に見た動作だ。

——ガイコツケイサツ、ガイコツケイサツ！

皆の合唱が、脳の内側で響いた。

そして木島が取り出したのは、薄汚れた黒い手帳だった。

「うち四十三番から七十八番までを、君達に渡した。何番がどこに行ったか、わたしはちゃんと控えてあるのだ。この本は、五十一番。さて——」

木島は手帳を開き、あるページで手を止めた。

眼鏡を取り出すと、ゆっくりとかけ、しげしげと見つめる。それから、手帳をこちらに向けた。

黒い手帳は、波が迫るように突き出された。

「——五十一番が誰のところに行ったか、——見てみるかね」

白い蛇、赤い鳥

1

「蛇がいたのよ」

うちから出て、下の広い道までは、ゆるやかな坂になっている。車も通るから、歩道もついている。ところによっては、それが片側だけになる。

そういうカーブで出くわしたのだ、と弓子《ゆみこ》がいう。

「――待ち構えてるみたいに、ぐっと首を持ち上げて、こっちを見た」

「縄じゃないのか？」

「そうじゃないわよ。こうしたんだもの」

招き猫のように手を上げて見せる。頭を上げた蛇の格好だ。

「縄だって、そんな風に見えるさ。――怖いと思えば」

弓子は、ふんと唇を曲げ、

「小娘じゃあるまいし」

それどころか、もう五十代も後半だ。

「可愛くなくても、怖がる時には怖がるだろう」

「まあ、そりゃあ嫌だったけど、――ちゃんと見たわよ。見るわけがあるもの――」

「うん？」

わたしは、座椅子からちょっと背を浮かせた。弓子はしてやったりと、こちらを見、

「……どうしてだと思う？」

「気を持たせるなあ」

「輝《てる》さんが、いいかげんな返事、するからよ」

そういって台所に行く。買って来たものを置きに行ったのだ。冷蔵庫の野菜室を開けている。ショウガが切れたので買いに行った。ショウガなら軽い。ちょっとした買い物でも、つい車を使いがちだが、健康のためには歩く方がいい。途中のポストに出すハガキもあったから、歩いて出た弓子だ。そして、蛇との遭遇となった。

「雨上がりだから、気持ちがよかったのかなあ」

と、台所に声をかける。

「え？」

「いや、蛇がさ。――ああいうのって、湿ったところが好きだろう」

歩道が濡れ、落ち葉も路面にしっとり貼り付いていたろう。

「そうかもね」

「それでちょこっと散歩に出た。――弓さんと同じだ」

結婚した頃は、《弓さん》《輝さん》と呼び合った。輝雄《てるお》だから《輝さん》だ。ところが、娘が生まれると自然と《お父さん》《お母さん》になった。そういう家が多いだろう。呼び方は、一家の中での位置関係を示す。

この秋、その娘が結婚した。

披露宴の後、叔母に《これからは、二人の生活を楽しみなさい》といわれ、背中をどんと叩かれた。

ありふれた言葉と聞き流したが、うちに帰ると、笑いたくなるほどぐったり疲れていた。そこで、あらためて《なるほど》と思った。人生の別の章に移ったわけだ。だから——というわけではないが、いつの間にか昔の呼び方が復活した。これまた自然に、そうなった。

紅茶をいれ、弓子が戻って来た。茶碗をそれぞれの前に置き、脇に座った。

「よく見たわけはね、特別だったの。——白い蛇だったのよ」

「ほう」

「それが、首をもたげてこっちを睨んだわけ」

縄なら睨まないわ——と、付け足した。そこで、わたしは、

「——眼は何色だった？」

「え……。そこまでは——」

「よく見てないじゃないか」

口をとがらし、

「見たわよ」

「——写メ撮ったか？」

これは、娘の使った台詞だ。わたし達夫婦の携帯電話は、娘がセットで買ってくれたものだ。最初のものは電波の届く範囲が狭く、温泉地からうちにかけようとすると通じなか

ったりした。

それから二回、買い替えたが、いずれも娘の指示に従った。今の機種にしたのは数年前だ。色はピンクと銀。

スマホとかいう、わけの分からない謎の道具ではない。現在では素朴なタイプだが、そうであっても、新しくなると機能を覚えるのが面倒だ。メールと電話さえ出来れば、用は足りる。

この年になると、いかに簡単でも、《どこを押す》と覚えるだけのことが、もう嫌だ。やる気にならない。ひとつ前のタイプでは、撮ったり送ったりしていたカメラ機能も使わなくなった。

娘は、《それも、老化の兆候だ》といった。そして、《今日は虹を見た》とかいうと、

「写メ撮った？」

と、聞いてきた。

そういうやり取りも、今は懐かしい。

2

ちょっとした買い物にも、携帯は持って出る。一人で行く時には、家に残った方が、後から《あれも買って来てくれ》と追加注文出来る。

要するに携帯があり、ということはカメラもあったわけだ。しかし、弓子は答える。

「撮れるもんですか。――そんな、とっさに」

若い者なら《とっさに》が出来る。出来るどころか、反射的に、《写メ、写メ》となるわけだろう。そうやって育って来た連中だ。弓子では、そういかない。

分かっているが、素直に受けてもつまらない。

「事件だったんだろう？　物事に、冷静に立ち向かう心があれば撮れたんだよ。――うーん、弓さん、新聞記者にはなれないな」

「ならないからいいわよ」

そこでわたしは、昔のことを思い出した。

「白い蛇――というのは、アニメにあったな」

『白蛇伝《はくじゃでん》』。小学校の講堂で観たことがあった。こちらの理解力が足りなかったのか、面白くはなかった。

弓子の方は、ちょっと違って、

「縁起がいいんだよね、白い蛇って」

そういわれれば、

「ふむ。……確か、そうだった」

「見たから金持ちになれるかな」

「そう簡単にはいかないだろう。宝クジも買ってないしな」

わたしの勤め先は出版社だ。しばらく前に定年を迎えていた。それでも嘱託で会社に残っている。髪も同様、頭に残っている。禿げない家系なのだ。おかげで、年より若く見られる。その辺は、すでに運がいい。

「それで、どうした？」

「まさか、いくら《幸運の蛇》でも、向かっては行けないでしょ。――車も来なかったから、車道に出て、よけて通ったわ」

わたしでも、そうしたろう。蛇に近づくのが好きな人間は、あまりいない。

「どれぐらいだった？」

「大きかったわよ。伸ばせば、――一メートルは……」と、いいかけ、「一メートル半は、楽にあった」

聞くだけで威圧感がある。

「そりゃ、嫌だな。青大将の白いやつだろう。しかしまあ、青大将だったらおとなしい。こっちがかまわなけりゃ、襲っては来ないよ」

「それならいいけど」

「帰りにはどうだった。まだいたか？」

「気にしながら来たんだけど、もう見えなかった。どこかの庭に入ったんでしょうね」

この辺りは住宅地だ。立派な庭つきのうちもある。植え込みの中にでも、忍び入ったのだろう。

弓子は紅茶をすすって、こちらを見、

「本当よ」

ここまでリアルに話されれば、さすがに白いロープが転がっていたのだろう――とは思わない。

3

わたしが嘱託として担当しているのは、ある大作家の個人全集だ。全集の刊行は、息の長い仕事だ。その作家とやり取りをしていた編集者が、もう今は、わたししかいない。著作権者の遺族の方と打ち合わせひとつするにしても、わたしのような人間は欠かせない。――そこで仕事を続けさせてもらっている。

勤務時間も自由で、好きな作家の全集作りをする。編集者としては、理想に近い。お金の問題ではない。勤めの終わりに、こういう仕事が出来て、まことに有り難い。

台風の有り難くない訪れの多い秋だった。記録的な豪雨も、一度ではなかった。落ち着かない天気の土曜日、横浜の近代文学館に出掛けた。昨年、物故された作家の方の個人全集が出る。それを記念してトークイベントがあった。他社の本だが、今では珍しくなった個人全集のスタートだ。

自分が全集をやっているだけに、この催しにも勿論、興味があった。そこで、足を運んだ。

会場に着くと、見慣れた顔が何人もいる。平均年齢は高いが、うちの社の若い編集者も来ていた。背の高い女子だ。

隣り合って座り、雑談をしているうちに、

「この間――」

と、《白い蛇》の話をした。

すると彼女はさっとスマホを取り出し、検索し始めた。――とっさにスマホ、の世代なのだ。

「シロヘビって――確かに青大将の変種ですね。山口県岩国市のが有名みたい。――あ、天然記念物ですよ」

重々しい言葉だ。

「へええ」

彼女は、こちらの顔を覗き込み、

「……天然記念物、ご覧になったんですか？」

そういわれると心細くなる。

彼女は、なおもしばらく調べていたが、開演近しと見て電源を切る。そして、

「岩国のは、その白いのが種として固定したみたいですね。そこが珍しいんでしょう。代々、白蛇になる」

「なるほど」

「突然変異の一匹なら、こっちにもいるんでしょうね。青大将とも限らない。あり得るんですね」

「そうか」

納得出来た。いくら何でも、天然記念物はそこら中にいないだろう。

――突然変異の一匹か。

一人ぼっちか――と思った。生を終える前に岩国に連れて行ってやったら、連れ合いを見つけ、喜ぶかも知れない。

会は、敬愛の念に溢れた心地よいものだった。閉館時間が迫っている。急ぎ足で展示を見る。

売店にも寄った。芥川龍之介の『蜘蛛の糸』の複製原稿を売っていた。この文学館に所蔵されているらしい。赤字の入った手書きのものだ。メールで送られて来る原稿ではない。昔からの編集者には懐かしい。買って、帰りの電車の中で、早速開いて見た。

解説を読むと、『蜘蛛の糸』は、芥川が大正七年、児童文芸誌『赤い鳥』創刊号のために書いたものだった。この辺は、芥川龍之介や児童文学の専門家には自明のことなのだろう。

さて、『赤い鳥』を出し、編集したのが鈴木三重吉だ。児童文学史では重要人物。解説に、こう書かれている。

《掲載にあたって、三重吉はこの「蜘蛛の糸」原稿に赤色インクで加筆添削を行いました。大小あわせて七十五箇所に上ります。さらに「赤い鳥」誌上での校正段階の修正と思われるものが四十五箇所あります》。

単純に双方を足すと、原稿と初出誌との違いが――百二十箇所になる。他人事だが、《個人全集編集者》としては、考えるだけで胃が痛くなる数字だ。

『蜘蛛の糸』は童話である。初出誌が『赤い鳥』。分量は、ごく短い。四百字詰め原稿用紙にしたら、わずか七枚半。ショートショートだ。そこに、これだけ他人の手が入っている。

解説によれば、かつては三重吉の直した形で、何種類もの本が出ていた。単行本作成時のテキストは初出誌によるのが普通だから、当然だろう。

一九二七年から刊行された『芥川龍之介全集』で、元々の形に直されたという。原稿が残っていたから、それが出来た。

ちなみに、芥川の書いた結びの部分はこうなっている。

その玉のやうな白い花は、御釈迦様の御足《おみあし》のまはりに、ゆらゆら蕚《うてな》を動かして、そのまん中にある金色の蕋《ずゐ》からは、何とも云へない好《よ》い匂《にほひ》が、絶間なくあたりへ溢れて居ります。極楽ももう午《ひる》に近くなつたのでございませう。

三重吉は、ここを三つの文にし、改行もほどこしている。解説には、『赤い鳥』掲載の形も載っている。原稿に入れられた朱とはまた違っている。

そちらを記す。

その玉のやうな白い花は、お釈迦さまのお足のまはりに、ゆら〳〵蕚を動かしてをります。

そのたんびに、まん中にある金色の蕋からは、何とも云へない好い匂が、絶え間なくあたりに溢れ出ます。
極楽ももうお午に近くなりました。

要するに、今わたしのやっていることのひとつが、こういうテキストの検討だ。初出や単行本、原稿などを引き比べ、どれがあるべき形かを判断する。

複製原稿を眺めながら、思わぬところで、仕事をしているような気分になってしまった。

4

帰ってから気になり、うちにある芥川の本を調べてみた。やはり、原稿通りになっていた。本来の形だ。

——そういえば、『赤い鳥傑作集』という文庫もあったな。

と、文庫の棚を見ていった。一度では見つからない。弓子とお茶を飲み、また戻って調べると、先ほど視線が通過したところにパラフィン紙のカバーのかかった、それがあった。見ていて見ない——というのは、よくあることだ。

抜き出して目次を見ると、芥川は『杜子春』が採られていた。『蜘蛛の糸』ではない。直接の比較は出来ない。しかし、『赤い鳥傑作集』を編集するなら、『赤い鳥』の形で載せるべきだろう。そうなっているに違いない。

こんなことを考えるのは、ややこしいが、また面白い。そうでなければ、編集者などやってはいられない。

四十年以上前の文庫本を手にし、佃煮を落としたようなパラフィン紙の染みを見ていると、ふと、大学時代のことを思い出した。

児童文学を研究している、のっぽの男がいた。教室で、《古本屋に『赤い鳥』が出ていたから、買った》と、興奮気味に話していた。復刻版が出る前のことだ。完揃いではないにしても、大変な金額だったろう。当たり前なら、学生が買えるものではない。借金でもしたのだろうか。それだけ、その世界に引き付けられるものがあったのだ。

――宝を手に入れた。……そんな顔をしていたっけ。

格別、親しかったわけでもない。実のところ今となっては、顔立ちも覚えていない相手だ。それなのに何故か、幸せそうに微笑んだ目や口のあたりが、時の霧の向こうに見えるような気がする。

――あいつは、あれからどうしたのだろう。今、何をやっているのだろう。

5

ところが、ことのなりゆきというのは妙なものだ。それから一週間ほどして、『赤い鳥』の復刻版を手に取ることになった。

神保町で年に一度、大掛かりな古書祭りが開かれる。この時ばかりは店より、外に並んだ青空市が面白い。サービス価格になるのが嬉しい。

どんな本に巡り合うか知れないので、期間中、少なくとも二回は出掛けるようにしていた。目立たぬ随筆集の中から思い掛けぬ情報を拾えることもある。そういった雑多なものが、効率よく買える。

谷崎潤一郎の『春琴抄』手書き原稿の複製――などというのもあった。普段より安いのだろうと思うと、つい買ってしまう。あれやこれやで、手に提げた紙袋が重くなる。ある程度以上になれば宅配便で送るという手があるのだが、子供がお菓子を買ったのと同じだ。わずかの間も、手放したくない。

古典の叢書を開き、流暢な日本語で話し合っている外国人達もいる。作家と知り合いだったらしく、ぎょっとするようなエピソードを話している老婆もいた。

――いやいや、こちらがすでに老人なのだから、そういっては失礼かも知れない。女の先輩というのが穏やかだろう。

人波の中を歩いていると、遠目にも鮮やかな橙色の本の列に出くわした。

――『赤い鳥』だ。

この復刻版は、何度か見ている。児童文学が専門ではないし、揃いになるとかさばる。両手を広げたら、弓子の蛇ぐらいの幅になるかも知れない。うっかり買ったら、怒られてしまう。居住空間の侵害だ。

近くに寄ってよく見ると、間違いない。一年ごとに橙色のケースに収められた、『赤い鳥』復刻版だ。当然、一括だろうと思うと、分売している。

――こんな機会は、もうないだろうな。

わたしは、六冊入りの『1』だけを買うことにした。

でなくても、うちの中は本で溢れている。バラならいいだろう。それ

ラで買える機会が再びあるとは思えない。全揃いとなると、弓子に渋い顔をされる。それ

この間、『蜘蛛の糸』の複製原稿を買ったのだ。何かの縁といえる。それにこれを、バ

子供の頃に読んだら、記憶に残るだろう。

六ページにわたって掲載されている。見開きのそれぞれに印象的な絵が添えられている。

と、始まる。

或日《あるひ》のことでございます。

開くと、島崎藤村『二人の兄弟』に続いて、芥川龍之介『蜘蛛の糸』があった。

それ以前に、子供向けの世相史の本などで見たような気がする。

文学史の教科書にも、多分、載っていたろう。『赤い鳥』の刊行は大きな事件だ。だが、

――どこで見たのだろう。

二人、並んでこちらを見ている。昔らしい可憐な表情だ。

抜き出してみると、第一号の表紙には見覚えがある。白い馬と黒い馬に乗った女の子が

たいのは創刊号だ。

最初の一巻には六冊しか入っていない。七月から刊行されたからだ。しかし、無論、見

と思う。

さらに重くなった紙袋を提げ、地下鉄の階段を降りながら、ふと思った。

――どういう人が処分したのだろう。

おそらくは、児童文学を愛する人が亡くなり、家族が古書店に売ったのだろう。

ふと、この間、記憶の波間に浮かんだ大学の同期生を思った。彼なら復刻版が出た時、喜んで全揃いを買った筈だ。そこまでの偶然などある筈もないのだけれど――。

だが誰であろうと、飛び立つような気持ちで手に入れ、撫でさするように愛した本とも、やがては別れるのだ。

本は持ち主の手を離れ、行方の知れない旅に出て行く。

6

地下鉄では、戦後すぐに出た、ある評論家の随筆集を読んだ。そういうわけで、『赤い鳥』を開いたのは、うちに着いてからだ。

古めかしい目次を眺めると、《手づま使（童話）　徳田秋声》と出ている。それだけなら何ともなかったが、隣に《わるい狐（童話）　小島政二郎》と書かれている。

はっとした。

――この秋声の童話は、小島政二郎の代作だぞ。

そんな声が、胸に響いて来た。確かに、そういう文章を読んだ。

思えばごく最近、小島政二郎の随筆集を開いていた。ある作家が、雑誌のエッセーで取り上げていた『百叩き』という本だ。

——小島政二郎とは懐かしい。

と、思った。今は、なかなか聞かない名だ。欲しいとなればネットで手に入る現代だ。

すぐに『百叩き』を買った。読んだ。

——あれしかない。

そう思って探した。最近手にした本でも、すぐには出て来ない。難行苦行だったが、何とか見つけた。

ページをめくって行くと、代作について触れているところはあった。

菊池寛の《「慈悲心鳥」という大衆小説はタネを与えて川端に書かせたものだ。「赤い白鳥」は私が一部分を書いた》と、書かれていた。

しかし、——徳田秋声の名は出て来ない。『赤い鳥』が出た頃、小島はいわば一兵卒で、徳田秋声は一方の大将である。どうしても書けない——となった時、小島が筆を執ることはありそうだ。しかし、いくら見ても書かれていない。

——記憶違いか。

それにしては、あまりにも具体的に人名が浮かんで来る。

——最近、読んだ小島の本はこれしかないが……。

小島といえば、数十年前、小説に少し目を通しただけだ。後は、学生時代に読んだ『眼中の人』や『食いしん坊』しかない。特に文学的回想記『眼中の人』は、何度か読んだ。今となっては、小島政二郎の代表作はこれだろう。

——となれば、『眼中の人』ではないのか。

だがそれは、あまりにも遠過ぎる記憶だ。自分でも、

——まさか。

と、思いながら書棚を見る。角川書店の『世界の人間像』に、これが収められている。ハードカバーで、背表紙の見える位置にあった。『眼中の人＝芥川龍之介／菊池寛』となっている。作者名は、背表紙にはない。わたしも、小島政二郎の著作としてではなく、《芥川と菊池について書かれている本》として手に取ったのだ。

箱から抜き出し、見てみるとすぐに分かった。三八三ページ。何と『赤い鳥』創刊号の表紙がそこに刷られていた。白黒印刷の小さな図版だった。

——ここで、見たのか……。

そのページに代作の経緯が細かく記されていた。鈴木三重吉が喘息で入院、編集は小島に任されてしまった。


三重吉の名刺を持って、徳田秋声、泉鏡花、森田草平、そのほか七、八人の知名な文学者のもとを訪問して、童話の執筆を依頼して回った。みんな承諾してくれた。

(中略)

ところが、締切前後にもう一度行って見ると、二、三の人を除いてあとは全部、「どうも童話というやつは、むずかしくってね。何しろ生まれてからまだ一度も書いた経験がないので——」

そういう返事だった。私は途方に暮れた。が、書けないというものはどうにもしようがなかった。といって、八人も穴が明いては、雑誌にならなかった。ほかの人にたのむといっても、それからではもう時間がなかった。

三重吉と相談の上、結局、小島が代作することになった。大家達からは、書かないかわりに名前を借りることになった。

小島は、それぞれの文体を真似、題材も当人らしいものを選ぶなど、苦心惨憺した。どうにか《自分自身のものを入れて九つ》を、大急ぎで書き上げた。

これが、創刊号のことかどうかは、はっきりとは分からない。だが第一号の目次には徳田秋声の名がある。そして、《生まれてからまだ一度も書いた経験がないので》などというやり取りがある。

最初の原稿取りであることは明らかだ。となれば、『手づま使』が、その作品ということになる。

それにしても《九つ》というのは大変な数だ。掲載された作品のうち、名のある人のものは、ほとんど小島が書いたわけだ。

驚くべきことだが、何より、

——我ながら、このくだりをよく覚えていたものだ。

と、思った。最近読んだ本のことは、すぐに忘れる。昔読んだ本の印象は鮮明だ。それにしても——と思う。

そのわけは、読み進むうちに分かった。代作——だけが、印象深かったのではない。後に、こう続いていた。

『赤い鳥』が出た後、芥川龍之介と久米正雄が、小島のところに遊びに来る。久米がいった。

「秋声老人はうまいな」
「うむ、うまい」
「かなわないよ」
「とてもかなわない。あんな童話ひとつ書かしても、ソツがないからな。軽妙で、洒《しゃ》脱《だっ》で——。小島君、今度の〝赤い鳥〟にでている徳田さんの童話読んだ？」
「ええ」

読んだどころではない。

久米は笑った。

「小島君には、あの——秋声老人の、あの枯れきった——小説ならむろんわかるよ。だが、童話となると、あの枯れきった中に深々と湛《たた》えている滋味《じみ》は、ちょいと、その、まあ、わかるまいね」

自分よりはるかに先を行く先輩の、侮蔑と奇妙な形の賛辞を複雑に浴びつつ、小島は思う。自分の書くもののうちにも、この二人に褒められるものが確かにひそんでいる。

「おれだって才能はあるのだ」

そうだ。遠い昔、若いわたしの心に食い入ったのは、この言葉なのだ、思いなのだ。だからこそ、小島政二郎——徳田秋声、という名前の並びが、今となっても胸を揺り動かしたのだ。

ただの代作話なら、ちょっとした豆知識に過ぎない。そうではなかった。

わたしは書棚の前に立ったまま、本を閉じ、ふと宙を見た。十一月の夜の空気で、背中が冷え冷えとする。

あれから、四十何年かが過ぎた。あっという間だ。

7

担当している個人全集の方の、難航していた巻の完成が見えて来た。

『蜘蛛の糸』めいた別人による手直しや、小島と徳田秋声の件のような問題はない。時代が移れば、そういうことは減って来る。それでもテキストの確定には神経を使う。

初出誌や初版本の過ちが、後から直されている例なら、いくらもある。

——何が真実なのか。

それこそ、決定稿の写真でも撮っておいてもらいたい気になる。

そんなことを考えながら、帰り道、夜の坂を上り家に近づいた。

門を抜け、玄関まで来ると、ドアの前の段の上に白い太いロープのようなものが転がっている。

——おや？

と、思ったとたん、それが動いた。蛇だ。一メートル半はなさそうだが、それなりに大きい。情けないことに、身がすくんだ。

こちらの気配に反応し、蛇は首を上げる。玄関灯にそれが照らされる。まるで舞台で一人舞うダンサーのようだ。半身がぐっと伸び、ドアに向かう。影が下に落ちる。

——いけない。

うちの玄関ドアの取っ手はノブではなく、縦の棒になっているタイプだ。あれにからまれたら面倒だ。

右手には長年使い込んだくたびれた革鞄、左手には会社の紙袋を提げていた。両方、ふさがっている。攻撃にしろ防御にしろ、何をしようというわけでもない。だがとりあえず鞄を左に回し、右手を空けた。

息を詰めて見ていると、幸い、蛇は途中までドアの面に身をあずけたところで体を折り、崩れるように反転した。もどかしいほどゆっくりとした動きだ。まるでスローモーション映像だ。白い姿はそれから横手に向かい、闇に消えて行った。

ほっとした。急いで家に入りかけたところで、心配になる。床下に入り込まれたら困る。蛇が行ったのとは反対方向に回り、床下の通気孔を見た。空気は通るが、ネズミやあの大きさの蛇など、到底、入れないものだった。それを見て、ようやく安心した。

さて、蛇の実在が確認された。ある筈のものがあった。

——実物を見ると感銘が深い。幻の生原稿が見つかったようなものだ。

と、妙なことを思った。

チャイムなどは鳴らさない。ドアの鍵を開け、中に入る。

「ただいま」そして、出て来た弓子にいう。

「——弓さんの蛇がいたよ」

手短かに、玄関前の事件について話した。

「あたしの蛇——じゃないわ」

それはそうだ。

「寒くなったからな、——家に入りたかったんだろう。昔の青大将なら、天井裏や床下に潜り込んだ」

「まあ……」

「ねぐらは借りるが悪いことはしない」

「そうなんだ」

わたしは頷き、

「だけど残念ながら、今の家は密閉性が高い。やれやれ、生きにくい世の中になった——

と嘆いているよ」

うちには深い植え込みなどない。どこか安心して寝られるところを探しに行ったのだろう。

「会いたかったわ」

と、弓子がいう。

幸運の蛇なら去られるのは惜しい。だが、人生これ以上、望むところはない。今の幸せで、十分、満足している。

鞄を置き、脱いだ上着を渡したところで、弓子がいった。

「――写メ、撮った？」

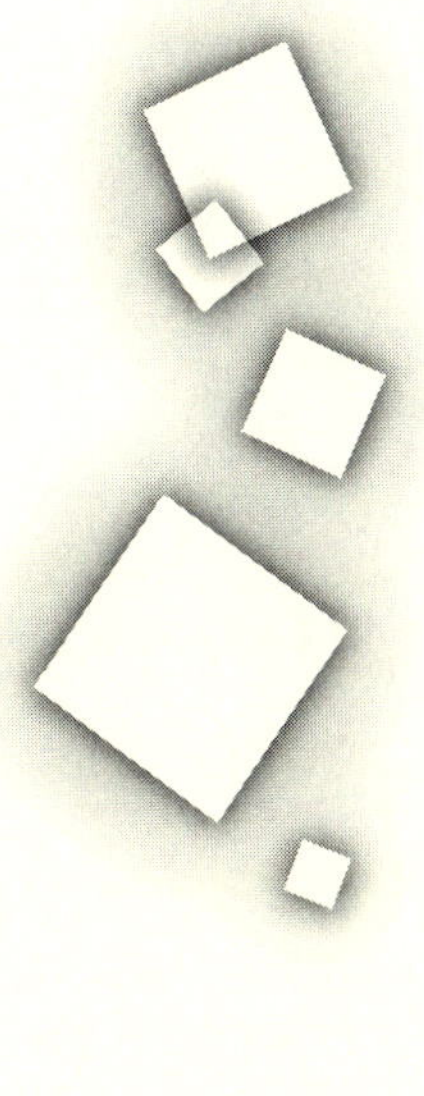

高み

1

ある作家が、いった。

「若い奴らは、俺の生まれた頃には、皆、ちょんまげ結ってたと思ってやがる」

その人が九十幾つかで亡くなり、葬儀の手伝いをしたのが、ついこの間のようだ。しかし、数えれば、あれから十年も経つ。

自分も年をとった。

今年、誕生日を迎えれば還暦だ。——定年である。

「御厨《みくりや》さん」

と、声がかかった。

「おう」

顔をあげると、幸田《こうだ》が手に持った赤茶色のＤＶＤケースを、季節はずれの団扇《うちわ》でも振るように、はたはたさせている。

「これ観ませんか？」

御厨は、椅子の背に体を預けて伸びをしながら、

「珍品かい」

《ちょんまげ》の話をした作家の葬儀があった頃、御厨は文芸誌の編集長をしていた。その時、幸田が週刊誌から移ってきた。

熱心だったし、センスがよかった。可愛がった——といえば偉そうだが、信頼の出来る部下だった。

当時は若者らしく痩せていた。だが、そんな幸田も、結婚と共に、腹に空気入れの先でも差し込まれたように膨れ出した。今は、頬も厚くなった。往年の沖田総司めいた殺気など消えてしまった。それだけ円熟味が増したということか。

現在は、立派に会社を背負って立つ男の一人である。だが御厨からすると、いつまで経っても、昔の勇み足をしていた頃の可愛い姿が重なって見える。

「エノケンですよう」

と、DVDを渡す。他の社員には出さない声音だ。

いったんはずした老眼鏡をかけなおして見ると、なるほど『エノケンの天国と地獄』と書いてある。

「——懐かしがらせようと思ったか」

まだ封が切られていない。

「まあそんなとこです。御厨さん、大学の頃まで、テレビも白黒で見てたんでしょ？」

そういう話を、この間した。飲みながら——である。生まれた町には映画館が一軒あって、それも小学生の頃につぶれた……などと昔語りをしたのだ。

「廉価版で、こういうのが出てるんです。持ってましたか？」

「いや」

「よかったら観て下さい」

「俺が先でいいのか？」

「どうぞどうぞ」

店で見かけて、御厨の顔が浮かび、手に取ったのだろう。

——親父に孝行でもするようなつもりか。

そう思うと、じんわりと嬉しかったが、一言いってやる。

「そりゃ有り難い。——だがなあ、いっとくが、この辺を映画館で観たのは、俺より一世代、前だぞ」

「あれ、そうなんですか？」

これが下から見える《ちょんまげ》というやつだろう。

「エノケンとなると、——そうだな、晩年のテレビ出演なら、幾つか観てる」

そういいながら、裏を返して作品紹介に眼をやる。《天国の裁判所。殺人を犯して自殺した圭太〈榎本健一〉は——》という文句を見て、おや、と思った。

「待てよ……」

「どうかしましたか？」

読み進んで、御厨は、

「こりゃあ『リリオム』じゃないか」

「は？」

「筋がね、そうなんだよ。モルナールの書いた芝居。——知らないか？」

さすがに出版社員だから、幸田も、

「……そういゃあ、聞いたことありますね」

下敷きがあるわけだ。原案が永見隆二、脚本が山下与志一《よしいち》と書いてあるだけで、『リリオム』の《リ》の字もない。それでも一読しただけであの芝居——洋の東西を問わず盛んに演じられ、アメリカあたりでは映画化までされたストーリーだとすぐに分かる。

2

断りなしのリメイクなど、珍しくもなかった時代の作品である。そうなると換骨奪胎ぶりはどうかと、かえって興味がわく。

「こりゃあ楽しみだな」

嘘いつわりなくいって、ＤＶＤを借りた。

御厨のマンションは、地下鉄で五駅ほど行ったところにある。

四十近くなってから結婚し、数年で別れた。それ以来、一人暮らしには慣れている。

——というより、部屋の方に生活はなかった。

遅くまで仕事をし、飲んで深夜に帰る。横になる。眼が覚めると、すぐ会社に出掛ける。

そんな毎日だった。

それで楽しかったし、退屈を感じる余裕もなかった。

今は編集委員という、自由な立場になった。昔のように時間と勝負する必要もない。それだけに、会社に縛られることも少なくなった。だからといって、誰もいないマンションに帰るのが、格別楽しい筈もない。部屋が冷え冷えとする冬なら、なおさらだ。

そんなわけだから、《今夜はこれ》という目的があってドアを開けられるのは有り難かった。

夕食は食べて来たので、風呂に入った後、さっそく『天国と地獄』を観始めた。

——主人公はエノケン。サーカスの呼び込みをしている。華やかに馬は駆け、猿が芝居をし、手品や自転車の芸も行われる。

やがて公演が終わり、会場には祭りの後の寂しさが、潮がさすように満ちる。そんな客席の暗い片隅に、ぽつんと残っている娘の姿があった。

とがめられて上げた顔に、一瞬でこちらの心をつかんでしまう特別な表情が浮かんでいた。はっとするような、一心な瞳を持った子だ。

エノケンが声をかけると、彼女はいう。

「わたし、帰るところがないの……」

御厨はそこで、画面を一時停止した。くるりと振り返れば電話の子機が手に取れる。まだ幸田は会社にいる筈だ。直通の電話をかける。案の定、元気な声が応えた。

「はい」

「こんな時間にすまんが——」

「いえ」

「ちょっと動けるかい」

「大丈夫です」

「資料室で――」ＤＶＤのケースを手に取り、「若山セツ子って女優のこと、ちょっと見といてもらえるかな」

いってから、何か心に響くものがあった。――《わかやま》か、と思った。

「急ぎますか、ファックスしましょうか」

「いや、明日でいい」

遠慮なく、こんなことが頼める間柄だったし、幸田も頼まれるのが好きな男だった。

子機を置いて、再生ボタンを押す。

――ユキというその子は、サーカスで働くことになる。

絵に描いたように健気《けなげ》な子だ。観ているうちに御厨は、おおげさにいうなら、いても立ってもいられないような気になった。

御厨が『リリオム』を読んだのは、この仕事についてしばらくしてからだ。どこかの文庫で新訳が出た。それを機会に手に取った。聞いたことのある芝居だ、筋ぐらいチェックしておかねば――という気持ちからだ。

今でも、おおまかな筋と最後の台詞《せりふ》は覚えている。この娘が主人公と結婚しても、幸せになれないと分かっていた。だから、《エノケンに近づくな》と声をかけてやりたくなった。

その娘の役を演じている若山セツ子がどういう女優かも知らなかった。日本映画ファンなら、即答出来るのだろう。あいにく御厨は、黒澤や小津の主要作品をチェックしている程度だ。原節子や高峰秀子あたりなら分かる。だが、この人の記憶はなかった。

だからこそ、演技を越えて、まさにそこに起こっていることを見ているような、不思議な、熱い気持ちになった。

同時に、冷静に自己分析するところもあった。

こんなことを考えるのは、結婚し別れる過程で、一人の女を哀しませた自分が——六十に手の届こうとし、昔を振り返ることも多い自分が——、かつての妻に向かい、《俺などに近づくな》といっているのだ——と思い、苦く笑うような面もあった。

映画の娘の一途さは、今では到底、考えられないものだ。結ばれたエノケンは、浮気はする暴力はふるうという、現代の女性なら《サイテー》と罵《ののし》り、半世紀前の女でも、挽《ひ》き臼《うす》で挽いてやりたいと思うようなごろつきだ。

それでも、彼女の心は彼に向かうことをやめない。

やがて、エノケンは彼女に子供が出来たことを知る。さてどうしたか。真面目になったのではない。生まれて来る子のため、一稼ぎしようと——犯罪に手を出す。そして警官隊に囲まれ、万事窮してナイフで我が胸を刺す。

天国の裁判所に向かった彼は、罪状を明らかにされ、地獄での贖罪《しよくざい》期間十年という判決を受ける。刑期を務め終えた後、天国に行ける。その際、一時間だけ娑婆《しやば》に戻り、最も会いたい人に会って来られるという。

ここがまさに『リリオム』の中心となる仕掛けだ。

物語は最終部に向かう。十年後、エノケンは我が子に会って来たい――と希望する。当然だろう。

御厨と、かつての妻との間に子供はなかった。もし我が子がいたら、そして永劫の、この世との別れとなったなら、御厨もまた同じことを望むだろう。

さて、エノケンは地上に降り立つ。彼の子はケイちゃん。男の子と設定されている。そこで御厨は、おやおやと思ってしまった。原作では女の子だった。

……どうしてまた？

これは、女でなければなるまいと思った。

ところが、観ていくうちに作り手の巧みさがよく分かった。相手が男の子ならではの、場面が用意されていたのだ。

子供達が輪を作って、相撲をやっていた。そこにケイちゃんがいたのである。

「おい、おじちゃんも入れてくれ」

と、エノケンは無理やり割り込む。そして、我が子と組むのである。カメラは、ケイちゃんをひしと抱き締めたエノケンの表情を捉えた。

一人暮らしである。誰にはばかることもない。御厨は声をあげて泣いた。

3

約束の一時間を終え、エノケンが去って行くところで映画は終わった。

しばらく、脱力したようになっていた御厨だが、テレビを消すと『リリオム』を探しにかかった。

仕事のものだから、本だけは山ほどある。文庫本だけに難しいかと思ったが、小一時間で見つけることが出来た。中公文庫だった。ハンガリーの作家、モルナール・フェレンツの作。古典だけに、岩波からも出ているが、御厨が読んだのはこの版だった。

カバーの裏に《築地小劇場以来、数限りなく上演されてきた》と書いてある。御厨の一つ前の世代なら、誰もが知っている――という戯曲だろう。

主人公の名がリリオム。ヒロインの名はユリカ、時にユリとも書かれる。

若山セツ子の演じた役が、《ユキ》だったのは、ここから来ているのだろう。解説に、《リリオム》とはハンガリー語で百合の意味――と書かれていた。それで連れ合いがユリというのも、不思議な暗合だと思った。

原作の戯曲を、ぱらぱらと読む。リリオムは死を迎えようとして、ユリにいう。――生まれて来る子には、俺はろくでなしだったといってくれ。そしてお前は、好いてくれる男と一緒になれ。子供には、お前は新しい親父の子だというんだ。

激しい自己否定である。モルナールの結婚と離婚が、この劇に投影されている――と書かれていたが、いわずとも知れる作り方だ。

エノケン版も原作も、ヒロインは女手ひとつで子供を育て、《お父さんはいい人だった》と伝えている。エノケン版の別れはあっさりしているが、原作の最後は、格別、印象的なものだ。

リリオムは、天から星を一つ隠し持って来る。娘に渡そうというのだ。訪れた家で、ユリは彼の方に顔を向けない。声だけ聞き、娘が応対する。いよいよ去らねばならぬ時、娘に星を差し出すリリオム。ユリがいう。飯島正訳だとこうなる。

——なにももらっちゃいけないよ……どっかでぬすんだものにちがいないからね。

永久の別れの時は、刻々と迫って来る。思いは溢れながらも、もどかしく、いらだたしく、それをどう表していいか分からぬ不器用なリリオム。彼は、思わず娘の手をピシャリと打ってしまう。

ユリは、そこで初めてリリオムを見る。はっとする。

娘はいう。

——ピシャリッとおおきな音がしたのに……それがね、私……だれかが私の手にキスしたような気がしたのよ。

俺にはとうとう、こんなことしか出来なかったと天を仰いで退場して行くリリオム。

この劇を閉じる、最後のユリの台詞はこうだ。

——あるんだよ……そういうことが。ぶたれても……それでも……痛くないってことがね。

4

若山セツ子という女優の名と共に、もう何十年も思い出したことのない記憶が蘇って来た。

小学校の、確か卒業間際の六年の時、《わかやま》という女の子と、同じ組になったことがある。表記は当たり前の《若山》ではなく、紀州の《和歌山》と書いた。

その子のことが、そっと風でも吹いて来たように、思い返されたのだ。

小学生の時は、どこの子という意識などなかった。後で、銀行の近くの荒物屋の娘だと知ることになった。

荒物屋というのが適切な呼び方なのかは、判然としない。子供の入る店ではない。御厨がまだ一人で留守番も出来ないような小さい頃、母と一緒に買い物に入った記憶がある。今ならホームセンターにあるようなものが、雑然と並んでいた。

ほうきが逆さになって壁際にまとめられ、天井からも色々な品物が下がっていた。母がちり紙の束を買ったのを覚えている。今ならティッシュになるところだが、昔はそんな洒落たものなどない。子供の眼には、一抱えもある大きな束だった。

御厨のうちからは離れていた。和歌山荒物店といったのか、別の屋号があったのか、よく分からなかった。

遊び相手になるのは家の近所の、男の子ばかりだ。遠くの荒物屋の娘など、その学年になるまで存在すら知らなかった。

名字は確かに和歌山だが、名前の方が思い出せない。いくらなんでも、セツ子ではなかろう。

そんなことを考えながら、出勤すると机の上に、幸田の作ってくれたコピーが載っていた。映画人名事典から、昔の週刊誌の記事まである。読んでいくうちに、御厨は何ともいえない気持ちになった。

年齢は、御厨より二十ほど上である。東宝の第一期ニューフェース。女優としてのスタートは順風満帆だった。三船敏郎のデビュー作『銀嶺の果て』にも可憐な少女役で登場し注目を浴びた。新人演技賞もとっている。何より『青い山脈』で、丸眼鏡の活発な女学生に扮し、並み居る先輩達を食ったという。いわずと知れた、戦後映画史に輝く今井正監督の作品だ。その後、『次郎長三国志』シリーズで、次郎長の女房お蝶を演じ、好評を博している。

そこまではいい。

私生活では、若くして『銀嶺の果て』の映画監督と結婚、六年ほどで破局を迎える。その後、病を得て引退、一時復帰したものの精神の安定を欠き、入院加療。カムバックの夢は断たれた。

次に世間が聞いたのは、彼女の訃報だった。調布市の病院で自殺——と報じられた。五十五年の生涯だった。それがあの、

「わたし、帰るところがないの……」

と囁《ささや》いた娘の最期だった。

午後になって幸田が顔を見せた。

「有名な人じゃないですか、若山セツ子。——御厨さん、『青い山脈』観てないんですか？」

「俺達の世代なら、吉永小百合の出たやつだよ」

「あ、そうか」

「時代が違うんだ」

と、ちょっとは若い顔をする。

「そっちを観たんですか？」

「観やしないよ。男が青春映画だなんて、羞《は》ずかしくって」

「あれ、そういうもんですか」

「そうだよ。それが俺達の感覚だ。——ただ、原作の方は、駅前の本屋で立ち読みしたな」

「へえぇ」

「確か最初のところで、女学生が米を売りに来るんだ。男の子が一人で留守番をしてる。腹が減ってる。だから、買ってやったところで、ついでに炊いて行ってくれないか、と頼む。——お見事だと思ったね」

「そうですか」

それがどうしたという顔をしている。

「分からんかなあ。男一人のうちに、女の子が来て、飯を炊くんだぜ。たまらなく――エロじゃないか」

「ほう」

「俺達の頃はさ、若い男と女が並んで町の中なんぞ歩けなかった。人が変な眼で見たよ。まして、学生が手を握り合うなんて、考えられない。そういうのは、お話の中にあることだった。時代がそうだから、こいつはぞくぞくするような設定だったんだよ」

「回りっくどいんですねえ」

御厨は、手を軽く横に振って、

「だがなあ、そういう時代の《ぞくぞく》の方が深いような気がするなあ」

幸田はかまわず、

「――で、それからどうなるんです」

「女の子は台所に入って、母親の割烹着を借りて食事の支度をする。ご飯を炊き、味噌汁を作るんだ。出来上がったところで、差し向かいで食事をして行く。――女の子の方は、持っていた弁当を食べるんだがね。――こいつが、もう――今でいえば、立派な濡れ場なんだな。頭の中で、そう変換される。はらはらどきどき、だ」

「御厨さん、幾つだったんですか」

「そう。中学生だったろう。――その出だしのところだけ立ち読みして、うまいもんだと感心したよ。で、男子たるもの『青い山脈』なんぞ買えるわけがないから、棚に返したよ。――でもしばらくは、女の子が米を売りに来ないかと妄想したもんだ」

「そりゃあ来ないでしょう」

「ああ。――そろそろ半世紀になるが、俺のうちに来たのはつまらん訪問販売だけだ。――米売り娘を待って六十年という生涯さ」

幸田は笑ったが、その表情を途中から消し、

「それにしても、若山セツ子、最期は明るくないんですねえ。ジュディ・ガーランドを思い出しましたよ」

ハリウッドの娘役として売り出したスターだ。

「……ああ、あれか、『オズの魔法使』の――」

「そうです、そうです。『オーバー・ザ・レインボー』を歌った子」

「『虹の彼方に』……」

「そうそう。だけど、薬をやっちゃってねえ。最後も睡眠薬の飲み過ぎか何かでしょう」

華やかな銀幕のスタートが、将来を約束するものではない。分かり切ったことだが、人生の苛酷さを痛感させる。

幸田は、さらに何誌かのコピーを置いていってくれた。

もし、御厨が二十代三十代に週刊誌に配属されていたら、若山セツ子の晩年について、彼自身、記事をまとめていたかも知れない。だが、お門違いの部署にいて、関心もなかった。その当時、彼女の死を耳にしなかった筈もない。しかし、流れ行く多くの出来事の一つとして、記憶からはあっけなく消え去っていた。

御厨は、幾つかの資料を読んでいった。

とりわけ、印象に残ったのは、ある週刊誌に載っていた映画評論家、高橋晋《しん》の談話だった。

セツ子というのは本名である。名字は替えたが、名前はそのまま残された。これが異例のことだという。なぜか。

高橋はいう。

——当時の東宝では、原節子への遠慮から、《女優に〝せつこ〟とつけないという不文律があった。それをあえて》おかすほどに、彼女への期待は大きかった。

御厨は、暗夜に一日の初めの太陽のきらめきを思い起こすような気分になった。

5

『銀嶺の果て』のＤＶＤはレンタルショップで借り、『青い山脈』は廉価版を買った。

当時の観客が若山セツ子のその後の人生を知る筈もない。だが、御厨は彼女の一生を知って観る。

本を読むにしろ映画を観るにしろ、いや、空を眺めるにしても、人は自分の位置に立って鑑賞するしかない。『銀嶺の果て』の無垢そのもののような少女も、『青い山脈』の丸眼鏡を輝かせた元気いっぱいの女学生をも、御厨は返らぬ時を感じつつ観た。

還暦を迎えるこの年に、この女優に出会うというのも不思議な縁と思えた。そう感じれば感じるほど、忘れていた和歌山荒物店の娘のことが気になった。

浮かばないのは名前だけではない。実のところ、顔立ちもはっきりとは覚えていないのだ。ただ、屈託なくよく笑う子だった。

御厨は資料室に行って聞いた。

「新聞のコンピューター検索ってのは、何年前までさかのぼれるんだね？」

「……ええと、いつ頃のが必要なんですか」

担当の男に聞き返され、カウンターのメモ用紙を手に取る。御厨が調べたいのは、自分が高校生だった三年間だ。

改めて計算してみると、昭和四十年四月からになる。

「そこまでたどれるのは読売ですね。あれ、高いんですよ。うちには入ってません。区立図書館まで行ってもらわないと――」

縮刷版なら何種類か揃っているという。

「いや……。それなら、区立の方に出掛けてみるよ」

御厨は礼をいって、資料室を出た。

知りたいのは、おそらく全国版には載っていない小さな出来事だ。念のための確認である。縮刷の細かい活字を、何十冊も追いかけるつもりはない。

編集委員ともなると、比較的、自由な立場で仕事が出来る。しかも、作っていた本が一冊仕上がったところだ。時間には余裕があった。仕事の調べ物のような顔をして、区立図書館に向かった。

冬の日は早く落ちる。入口の階段に足をかけた頃には、辺りに落ちる光は頼りない、はかなげなものになっていた。

中央の案内カウンターの横に、新聞検索の机があった。画面はついているが、誰も使っていない。さっそく固い椅子に腰掛け、検索期間を入力した。続けてキーワードだ。御厨の育った町から、電車でいくつか行ったところにある女子高の名を入れた。そして《バレー》と続け、軽くためらった後、《死》と入力した。

6

該当する記事はなかった。見出しになり得る語を、何パターンか加えたり削ったりしてみた。それでも、結果は同じだった。

予想通りだから落胆はしない。

——やはり、地方版だったな。

縮刷版の元になるのは中央の版だ。地方面も《東京》になる。御厨が育ったのは、同じ関東でも隣の県になる。

画面を元に戻して席を立った。

和歌山という女の子について、中学時代には、これといって印象がない。思いがけず、その名を告げられたのは高校の時、母からだった。

「この子、お前と同い年じゃないの？」

そういって、新聞を見せられた。

「和歌山さんちの子だよ、ほら、荒物屋の。可哀想に……」

バレー部の練習中に倒れ、死亡した――という記事だった。学校は別の市にあった。しかし、亡くなった子の住所は、この町のものだった。

――あの子だ。

その数日後、自転車を走らせていた御厨は、T字路の先に、大勢の女生徒を見た。普段はあまり人気《ひとけ》のない、眠ったような町だ。濃紺の制服が群れをなしているのは、異様な眺めだった。

荒物店の前だった。

――今日が葬式なんだ。

おそらくは部活の仲間やクラスの子達が焼香に来ているのだろう。

自転車の速度は、極端に緩められなかった。まるで見物でもしているようだから。

御厨がT字路で左にハンドルを切った時、店の奥から女生徒が駆け出して来た。そして、列の一人に抱き着き、泣き崩れた。焼香を終えたのだろう。

冬の歩道を歩いているうちに、そんな情景が、鮮やかに蘇って来た。

――もう、……四十年も前のことなのだ。

あの子の魂が、今頃、思い出す人のいることに驚いているだろう――御厨は、そんなことを考えた。喜んでいるかも知れない。

となると、どうしても、そのことを取り上げた記事を読みたくなった。下の名前を確認したかったのだ。

小・中学校の卒業名簿は手元になかった。同級生に聞くよりは、自分の手で解決したい。事故のあった学校に問い合わせるのは、気分的に難しかった。となれば、新聞を探すしかない。

次の土曜、御厨は久しぶりで生まれた県の土を踏んだ。県立図書館に電話をかけ、地方紙の有無を問い合わせておいたのだ。

「待って下さいよ。昭和四十年ね……」

ややあって、答えが返って来た。全国紙と違って、部数が望めないせいだろう。まだその頃は、縮刷版がなかったという。

「今なら、出ているんですがねえ」

「そうですか……」

がっかりしかけると、マイクロフィルムならあるという返事だった。

ふた月が一巻のフィルムに収められ、一年で六巻だという。入学早々のことではなかったと思うから、五・六月分から見たいと頼んでおいた。

御厨が見たのは全国紙の地方版だ。しかし、それは見つかりそうにない。となれば、地方新聞を当たるしかない。県内の出来事が、細かく取り上げられている筈だ。

目的の図書館に着いたのは、朝の十時半頃である。電話を入れてあるので、話はすぐに通じた。フィルムも、四十一年の三・四月分までの六巻が白い紙箱に入れられ、すでに用意されていた。

フィルムのセットは、あちらがしてくれた。右手のダイヤルを回すと画面が動く。見始めるとすぐ、これが大変なことだと分かった。逆に流れる滝のように、画面が上がっていく。

眼が疲れた。

マイクロフィルムからの資料なら、使ったことがある。しかし、自分で画面を追ったことはない。部下にやらせていた。この年になってこんな作業をしようとは――と思った。最初の一本を見終わるまでに、かなりの時間がかかった。そのふた月分だけで、気持ちがくじけるぐらい疲れた。

御厨は、老眼鏡をはずし、眼を揉む。

――一年分、当たるのは無理だな。

どうしようかと思った。椅子の背にもたれ考えているうちに、記憶の中の女生徒の列が頭に浮かんで来た。葬儀に並んだ子達だ。

――夏服ではなかった。

そんな気がした。それでいて、寒い季節でもない。学生の御厨が目撃したのだから、日曜か春休みではないか。

心細い糸だが、それを頼りに手繰ることにした。季節を春と狙い定め、間を飛ばし、翌年の三・四月分を見ることにした。

――それで駄目ならあきらめよう。

気分転換をかね、外に出て近くの店で胡椒の効いたラーメンを食べた。人気のある店なのか、客が次々に詰め掛けて来た。味もよかったので、思い掛けぬ拾い物をした気になった。

元気を取り戻して席に戻り、作業を再開する。狙いは当たった。三月下旬のところで、その記事に行き当たった。

女学生死亡
バレー練習中

という二行の見出しが眼に入った。高校名に続いて、和歌山芳江《よしえ》さん（16）が体育館でいきなり倒れ、病院に運ばれたが……という短い文章が載っていた。

御厨はしばらく、その画面を見つめていた。

これを印刷することも出来た。

だが、御厨はそのままフィルムを巻き戻した。

外に出ると、まだ一時だ。そこから生まれ育った小さな町に向かうことにした。十年以上前に母が亡くなってから、訪れる機会もなくなっていたところだ。

7

あの春の日に、自転車で走った道をそのままに歩いてみた。

和歌山荒物店のあったところは、焼き肉のチェーン店になっていた。辺りの風景も、無論、四十年前とは全く違う。ただ道筋が同じなので、確かにここと分かる。

御厨は、焼き肉の店の前に立った。あの日、この場所に女生徒の列があったのだ。今は駐車場になっている。昼時を過ぎたせいか、黒いワゴン車が一台停まっているだけだった。

空は晴れていたが、冬の風が強く、耳に痛い。焼き肉店の赤い旗が、ばたばたと音を立ててなびいていた。

御厨は、そこから小学校のあったところに足を向けた。

学校は、彼が高校生の時、移転していた。より広い敷地が必要になったのだ。その頃には、昔を懐かしむ思いなどなかった。当然のことながら、頭にあったのは、大学受験など、先のことばかりだった。

跡地は、公民館と公園になっていた筈だ。

寒々とした小道を抜けて、川沿いの通りに出る。かつては駄菓子屋のあったところが、今は学習塾になっている。昔はそこが小学校の裏口だった。

横を抜けると、記憶通り、右手が公園だった。左に古ぼけた公民館がある。その間が道になっている。かつての小学校が、今は二つに断ち割られていた。

公園の隅に、銀杏《いちょう》の木がそびえている。御厨が子供の頃からあるものといえば、それぐらいだ。

昔は、それこそ天にも届くほど高く見えたものだ。今は、葉を落とした枝が頼りなげに空を掻く、当たり前の樹でしかない。根元のところに大きなこぶが幾つも出来ていて、腰を下ろすのに具合がよかった。

夏の炎天には、茂った葉が心地よい日陰を作った。御厨は、真上からの日を避けて、そこに座ったりした。半ズボンにズックという格好だった。伸ばした足の先に葉の影が落ち、蟬の声が降り注いだ。そんな頃もあった。

銀杏の隣には、大きなジャングルジムがあった。幼稚園などにある、ただの四角い形のものではなかった。箱を三層に重ねたような大掛かりなものだ。背が高いから、上に行くほど小さくしなければ、安定しなかったのだろう。

水色のペンキで塗られていた。無論、今は残っていない。

子供の眼には家ほどの大きさに思えた。実際には、それほどのものではなかったろう。だが今はないからこそ、記憶の中の鉄枠の塔は、変わらぬ姿でそびえ立った。

御厨は、銀杏の樹からジャングルジムの位置を推し量って、その辺りに立ってみた。

小学六年生の時、和歌山と言葉を交わしたのはジャングルジムの上だ。

この位置だ。

クラス替えになって、六年目で初めて彼女と同じクラスになった。誰がいたところで、男と女が一緒に遊んだりはしない。当たり前なら、記憶に残るようなことはなかった筈だ。

だが、ある日の昼休み、御厨がジャングルジムの中段に腰を下ろしていると、左手からスカートをひるがえして、和歌山が駆けて来た。そして、水色の枠に手をかけると、

「ミクリヤくーん」

と、呼んだ。

昼休みだから、周りには大勢の仲間が溢れている。そんなところで、女の子に声をかけ

られることなど、今流にいうなら想定外だった。御厨は半ば呆然とした。返す言葉などなかった。

　ところが彼女はするすると、ジャングルジムを上り、すぐ近くまでやって来た。

「ミクリヤくんて、面白い名前だね」

　そういわれたのを覚えている。

「おかしい？」

　と、口を尖らしたら、

「ううん」

　と、首を振った。

　それから何回か、御厨のそばに彼女が走って来ることがあった。

　しつこくて嫌だという感じは全くなかった。御厨は、今まで人から受けたことのない、手放しの好意を感じた。異性から、同じくらいにきらめくものを受けることは、その後も生涯なかった。

　それは自分の冷たい心が、あちらから照り返されるせいだろう――と御厨は思う。

　女から、親切な友のように、便利な兄のように、役に立つ先輩のように思われることはある。だが、男として思われることなどない。御厨はそう思って来た。それは自嘲というより、むしろ傲慢《ごうまん》過ぎる自尊心の裏返しだろう。自分が期待するほどの自分でないという思いが、自らを嚙んでいるのだ。

　そんな思いがあるのに見合いをし、結婚までしたのだ。うまくいく筈もなかった。

結婚した相手は、真面目な公務員の娘だった。夕食は家族揃っての食卓でとるのが当たり前と思っていた。言葉で説明しても、妻には、連日一人で食事を続けるような生活が苦しくてならなかったのだ。

だからといって、心を溶かすような言葉をかけてやれる御厨ではなかった。男が甘いことをいえば、口が曲がるような気がした。こちらからはいわない。

愛されている――と思えれば、そのボールを打ち返しラリーにすることも出来たかも知れない。だが、そんな幻想は、一切、抱くことなど出来なかった。

自然、二人が暮らしている家というより、一人の生活が二組あるような毎日になってしまった。

申し訳ないと口にすると、――そう思われるのが嫌なのよ、といわれた。

――夫婦の間って、そんな言葉が出て来るようなものじゃないでしょう。あなたって、いつまで経っても他人じゃないの。

御厨の思いは、また小学校の校庭に返る。

和歌山とは放課後、ジャングルジムで追いかけっこをしたことがある。御厨は高いところが平気だった。中段の外周部分を、平地を行くように軽々と走れた。手で支えないのである。御厨は、自分の力を示そうというように一心に逃げた。

「……つかまらない」

息を切らしながら、そういった彼女の口元が見えるような気がする。可愛いかった。しかし、その顔が浮かばない。

若山セツ子の、少女時代の無垢な表情が、ふと重なった。

そんなことが続いたのは、せいぜい三、四回だろう。男と女が遊んでいたら、誰かに何かいわれる筈だ。不思議に、御厨がからかわれたことはなかった。彼女の方が何かいわれたのかも知れない。

今、思い返せばそれは、彼女にとって一瞬の微妙な時期だったのではないか。説明のつかない溢れるような思いで誰かに心が向かう——、だが自分が女であることを意識したら、もう手放しで異性に声をかけることなど出来なくなる。その直前の、無意識だからこそ幸せに輝いているような瞬間。

それは、あの当時の女の子にだけ持てた不思議な時ではないか。

今では、幼稚園児がバレンタインチョコレートの話をしたりするという。誰ちゃんは誰ちゃんが好きだ、などというらしい。そういう時代になっては、あり得ない心のきらめきのように思えた。

8

中学校の三年間、同じクラスになることはなかった。

彼女のことを思い出したのは、高校になってから、新聞の記事によってである。バレーをやっていたというのも知らなかった。

御厨の学年が中三の時、東京オリンピックがあった。ニチボー貝塚の活躍に日本中が熱狂した。そういう時期だ。バレーボールというスポーツに寄せる女の子の思いは、今よりはるかに強かったろう。

彼女もまた、その道から高みをめざしたのではなかろうか。無論、ただの田舎の女子高校生だ。飛び抜けた力があったとは思えない。それでも、当時の高校生らしい夢を抱いたのだろう。

小学校のジャングルジムの先端は、立方体の上に四角錐の載った、ちょうど教会の尖った屋根のような形になっていた。子供にはそこが、怖いほど高いところに思えた。だからこそ、そこまで上がろうとした。大人の眼からすれば、たわいない位置にあるそこに。

御厨がその高みまで上ると、あの子も懸命について来た。

彼の思いは、葬儀のしばらく後のことになる。母がいった。

「和歌山さんのお母さんに声をかけられてね」

御厨は、黙って続く言葉を待った。

「――お前、あそこの娘さんと遊んでたんだって？」

御厨は驚いた。高校生からすれば、果てしない昔のことである。弁解するような口調になった。

「小学校の時、ちょっと校庭で話したぐらいだよ」

「そうなの。――和歌山さんがね、学校から帰って来ると、とっても嬉しそうに話したんだって。今日は、ミクリヤくんが遊んでくれた――って」

そんなことは、男の子なら口が裂けてもいわない。親にそんなことを知られるのは、恥ずかしくもあり屈辱的とも思えた。そういう垣根をやすやすと越えられる心があることが不思議だった。

「お母さんがいってたよ。お前に、有り難う――って、いってくれって」

どう受けていいか分からない言葉だった。だが、この年になると彼女の母の気持ちはよく分かる。いや、分かるという以上に伝わる。

そのうちに、思いが妙に混濁して来た。

……荒物屋の跡は、焼き肉屋になってしまった。しかし、……手繰っていけば和歌山の一家がどこに越したか分かるのではないか。あの子を探してみようか。……どこにいるか分かれば、会ってみたい……。

一瞬の心の、奇妙な揺れである。御厨は、すぐにはっとした。

――何を馬鹿な。とうの昔に亡くなったというのに。

空は、西に明るさを残すばかりになっていた。風の強い、冬の公園に子供達の姿はない。

御厨は腕組みをし、口の中でそっと、

……和歌山芳江、十六歳……。

と、つぶやいてみた。

ヴェネツィア便り

——往信——

1

お元気ですか。

そうであると願うより、そうであるとしか思わずに書きます。そういうわたしだと一番よく知っているのが、あなたのはずですね。

さて、十月三十一日の夕方、成田からアリタリア航空で出発。香港、デリーと乗り継いで現地時間の朝七時にローマ、レオナルド・ダ・ヴィンチ空港に着きました。

頭の中に地球儀を思い浮かべると、自分という駒をつまんで、その上をぽんぽんと動かしたような感じ。

子供の頃、読んだ『西遊記』。あれだけ苦労して天竺《てんじく》まで行った三蔵法師一行が、雲に乗って一気にお帰り。《何だあ》と思いつつ、これも難行苦行の末たどり着いたからこそ貰える特急券。牛魔王や金角銀角を下に見て、飛んでインドに着いてしまったら、ありがたい仏典（だったかな）をいただけなかったろうと納得しました。

とはいえ、か弱いわたしが、シルクロードを越えて永遠の都まで、とぼとぼと歩いて来るのはとても無理。現代のキント雲に感謝です。日本から十八時間で、イタリアだ、イタリアだ。

国内線に乗り換えて、ミラノのリナーテ空港に着きました。カラフルな黄色のあふれた空港。ここで、すれ違ったイタリア人男性から、

――ジャポネーゼ？

と、話しかけられました。日本人なら何人もいるのに、何故、わたしに？　とっさのことで、どぎまぎ。《シー》と答えればいいのに、

――アリヴェデルチー。

と、あいまいな表情で、しかし、とうとう着いたぞという高揚感から、明るく答えてしまいました。向こうは、張った顎をちょっと傾け、

――ん？

という表情。

行き過ぎてから思えば、《アリヴェデルチ》は《さよなら》でしたよ。英語だったらなあ。いくらおっちょこちょいでも《グッドバイ》とはいいません。《イエース》です。

これがイタリア最初の出来事。今は覚えていても、ささいなことは、たちまち消えて行く。だから、書いておきましょう。そう、これこそが、わたしとイタリアの人との初めてのやり取り、ミラノの空港で確かにあったやり取りなのです。

明るい彩りの空港から外に出ると、ミラノは雨でした。第一日の目玉は、勿論、サンタ・マリア・デレ・グラッツェ教会。自由時間の多い、ゆるい縛りのツアーですが、ここは揃って見学。ダ・ヴィンチの「最後の晩餐」があるのです。

そこに至るまでの、教会の回廊が素晴らしかった。機会があれば、また来て、歩いてみ

たい。

「最後の晩餐」の前にはやぐらが組まれ、修復作業が進んでいました。ガイドさんの説明によれば、十六世紀にはもう、画面にひびが入り始めていたそうです。関ヶ原の合戦より前ですよね。それを思うと、よく今まで残ったものだと思います。

傷むと、誰かが補修する。それが重なり、どんどん原画から遠くなる。このままだと、絵画の伝言ゲームになる。似て非なるものになってしまう。そこで二十世紀の最新技術を使い、全面修復に踏み切られたそうです。完成までには、かなりの時間がかかるようです。画面右側にライトが当てられ、明るくなっていました。今は、その修復作業が進行中。やぐらに近寄って見上げる人、壁際に置かれた、いかにも教会のものらしい古めかしい椅子に腰掛けて眺める人、さまざまでした。

わたしは、これが完成した時の姿を、見られるのでしょうか。

と、ここまで書いてペンを置きます。さすがに疲れたので。

アリヴェデルチ！

2

《アリヴェデルチ》が、ちょっとのお別れに使う言葉か、長いお別れに使うのか、ニュアンスはよく分かりません。ともあれ、便箋の前に戻って来ましたよ。

また、寝る前に書いておきます。

二日目は、ミラノを自由に散策。この街のシンボルともいうべき荘厳なる教会、ドゥオモの屋上までエレベーターで昇りました。明るく広がる風景。城下町を見下ろし、殿様気分になりました。わたしはミラノの殿様だ。

エマニエル二世アーケードは、日本にも出来たディズニーランドの、入口のところのモデルになっているとか。さすがに、東京中央線駅前のアーケードとは格が違いましたね。聖人の祭日ということで、お店は閉まっていました。でも、街角に飾られた黄色い花が、透き通った空気の中、とても美しかった。

さてさて、昨日の「最後の晩餐」は修復中の部分をちらりと覗けただけ。そこで楽しみにしていたのが、ブレラ絵画館のマンテーニャです。「死せるキリスト」。

横たわった、といえば、文字通り《横》向きの姿を考えるのに、マンテーニャは大胆にも、そのキリストを足元から見るように描きました。足の傷口、手の傷口が、《これを見よ》とばかりに突き付けられる。画集で見ても衝撃的な絵です。さあ、ご対面——と思ったら、別の意味で衝撃的。

ただ今、日本の、上野の、美術館に行ってるんですって！　何というすれ違い。まるで安物の恋愛悲劇みたい。

——ああ、上野は遠いなあ。

と、溜息。

お店に入って、ホットチョコレートを飲みましたが、どろどろで苦かった。

3

ミラノを朝八時発の列車に乗りました。

コンパートメントの六人掛けに、外国人が二人——って、そうだ、外国人はわたし達なんだ。

ツアー仲間に英語の達者な人がいて、聞き出したところによると（英語は便利）、一人はマリアさん、学生。もう一人も、心理学を専攻するパドヴァの大学生でした。

三時間で、ヴェネツィアに着きます。

高校生の頃、日本橋の映画館で『ベニスに死す』をやりました。

わたしが小学生の時に作られた映画だと思います。新聞広告が印象深かった。水の都を舞台にした愛と死と美。その記憶は鮮やかだった。

映画案内の雑誌で見つけて、

——あれ、やるんだ。

と、出掛けたのでした。階段を下って入る、ビルの地下の映画館でした。そんなことをするのが、あの頃はちょっとした冒険でした。

主人公は、仕事に行き詰まり、老齢と死を意識している。そこで、自分と反対の位置にいる、若さや美を持つ少年を見るのですね。

でも、映画は難しい。言葉だと《美少年》といえば、それぞれが心に自分のそれを描ける。美の象徴を。でも、映像では、それが具体的に見えてしまう。見せられてしまう。

わたしには、映画の彼が、少年というには大き過ぎた。少年とは、もっと小柄なもの。中途半端な年齢。そう思えてしまいました。そして、美しいというより気持ちが悪かった。女でも細面の鼻高は美人とは思えない。苦手なんです。

むしろ、少年とセットで置かれたであろう美しい命——ヴェネツィアの光が、生き生きと胸の奥にまで届きました。白い砂、打ち寄せるアドリア海の波。

細かいところはもう覚えていないので、違っているかも知れないけれど、主人公は海の方からヴェネツィアに入ったような気がする。それは、地下の映画館の闇に浮かんだ、果てしない明るさの幻影かも知れませんけれど。

だから地図で、今、ヴェネツィアの島には、お皿に長い長い割箸を渡したように道路と鉄道が通じている——ミラノから列車に乗ったまま行けると分かっても、そうか、というより、何だか《変》な感じがしたのです。

わたしの思いがどうであろうと、現実に列車は、海の上の割箸を勇んで渡って行きます。窓からは潮風が飛び込み、吹き抜け、わたしの髪を揺らすのです。

そして列車は、ヴェネツィア中央駅に着きました。

まずは運河沿いのホテル・プリンチペにチェックイン。そこから、ヴァポレットという水上バスに乗ります。

水路がまあ、何と素敵。

光によって変わるのでしょうが、谷川のさらりとした青に緑の厚みを加え、ねっとりさせたような色。それがうねっています。

潮風受けて、陽光浴びて、ヴァポレットは進みます。

サン・マルコ広場は、あちらにもこちらにも鳩、鳩、鳩。そして、人、人、人。

小柄なイタリア人のガイドさんがついて、まずは基本の学習のように、広場からドゥカーレ宮殿、溜息橋と巡り、ガラス工房まで案内してもらいます。ガラス細工の人形が、棚で何体も踊っていました。

4

二日目からは自由行動。

ヴァポレットで、アカデミア美術館に行こうとしたら、思わぬ方向に進んで行く。

——あれ？

乗り場を間違えたようです。これがギリシア行きとかならあわてるところですが、いってみれば市内循環バス。とんでもないところには向かわない。目の前の、尖塔とドームのある島へと進んで行きます。

地図を見れば、サン・ジョルジョ・マジョーレ島。

偶然の糸に導かれ、大きな建物の扉を開けると、中は普通の教会。オルガンが鳴っています。どうやら、ただの観光の場ではないようです。

ガイドブックには《壁面にティントレットの傑作、「最後の晩餐」が》と、書かれています。劇的なので、この題材は多くの画家が描いています。

立派な祭壇の脇に掲げられた、大きな絵でした。柔らかく沈んだ色調に見え、近づくと斜めからの構図で、上部には半透明の天使が舞っている。召使らしい人達も書き込まれた群像劇のような独特のものでした。

高い鐘楼へは小さなエレベーターで昇れます。司祭のようなおじいさんが、にこやかに話しかけながら案内してくれました。ローマ法王のような感じの人です。一緒にエレベーターに乗って来て、微笑みながらわたしの手を取り、両手で包みました。

これが日本だと、

——あやしい奴。

と思うところですが、何しろ法王様、振り払うのも違うでしょう。遠来の女性へのねぎらいの気持ちだと思います。こちらも、にこにこしつつ地図を出しながら、そっと手をはずしました。

鐘楼からは、ヴェネツィア本島が見渡せました。ドゥカーレ宮殿も、サン・マルコ広場も。

再び、ヴァポレットに乗り、最初に予定したアカデミア美術館に。壁面を埋めた大きな絵が、これでもかと続きます。高校生ぐらいの金髪の女の子が、群衆の描き込まれた絵の、一人一人を見るかのようにじっと立っていました。

ヴェネツィア派の巨匠、ティツィアーノの作品に使われている赤が印象的です。高村光太郎は、智恵子が誰かと結婚しそうになった時、《いやなんです　あなたのいつてしまふのが》といいました。《小鳥のやうに臆病で　大風のやうにわがままな　あなたがお嫁にゆくなんて》、それは《まるでさう　チシアンの画いた絵が　鶴巻町へ買物に出るのです》と。名のある画家の《チシアン》といえば、これはもう《ティツィアーノ》のことでしょう。ヴェネツィアを舞台にした映画が『ベニスに死す』で、原作は『ヴェニスに死す』。国によって呼び方が変わるし、日本語の表記自体も様々です。わたしが子供の頃に読んだ『ギリシア神話』の本では、ビーナスはアフロディテでした。《チシアン》と《ティツィアーノ》なら、まだ分かりやすい。

ヴェネツィア派の巨匠が描いた女性が、日本の、その辺に買物に行ったら、これはそぐわない。お店の人も、びっくりするでしょう。聖なるものが世俗に食われる。美術家だった光太郎らしいたとえですが、戦前のイタリアは、今よりもっと遠い。十八時間ではとても来られない。実生活から離れた高みにある感じは、より強かったと思います。

絵の方はゆったりじっくりと鑑賞、お腹いっぱいになり、本物のお腹の方は時間がかかったおかげで、逆。ぺこぺこになりました。

その後、行きたかったハリーズ・バーで、遅いお昼。カルパッチョがここで生まれたというお店、大勢の有名人がやって来たところです。平凡ながら、サンドイッチにカプチーノを、最初は緊張し、次第にくつろいで食べました。

夕暮れまでは、街歩き。細い路地に入ると、怖いほど暗い。そんなところに、首のない女神像が立っていました。はたして微笑んでいたのか、嘆いていたのか。

そんな石像が無造作に置かれている。日本でいえば、辻にお地蔵様があるようなものでしょうか。しかし西洋だけに、大きさが違う。圧倒されます。わたしよりも背の高い像が、暗い道に立っているのは、まさしく非日常の眺めです。ヴェネツィアは、わたしにとっては遠いところですが、距離だけでなく時を越え、ふと中世に紛れ込んだようでした。南に開けた海岸は明るい。それだけに光を遮られた路地には、たちまち闇が忍び寄る。そこは暗黒の中世。

抜け出せない迷路にいるようです。とにかく広場に戻ろうとしたら、路地の先からひたひたと水が迫って来ます。足が止まってしまいます。ためらう背中に、

——おともだち……。

という声がかかりました。振り向くと、水色と紺のチェックのセーターから、シャツの白い襟を出した青年が、両手を軽く上げて、こちらを見ていました。日本人観光客が多いところです。土地の人の口から、思いがけないほど流暢な日本語が出ることも、珍しくありません。

アクアアルタとは満ち潮による増水のことで、今がそれだから、こちらの道を行き橋を渡れと親切に教えてくれます。ここでは、人と人の距離が近いように感じます。

彼は、案内の言葉の後に、

——いつか、またここ、ヴェネツィアに来ますか？

と聞きました。今のことしか考えていなかったわたしは、一瞬、とまどい、でも、すぐに頷きました。

すると青年は、日本人には石膏のモデル像のように見える顔付きに、ふっと哀しみに似た色を浮かべました。

青年は、わたしの後ろに広がる水を見つめながら、いいました。

——この街は、沈みます。

わたしは、思わず振り返りました。そういう風評なら、聞いていました。水の都ヴェネツィアは水を求めるように沈み、水はヴェネツィアを浸し包んで行く。その沈下速度は、年ごとに速くなっている。

——あなたが、またここに来た時、見るのは波だけかも知れません。

礼をいって、教えられた方へと歩きながら、わたしは、自分の部屋のレコード立てにある一枚を思い浮かべていました。随分、昔に買ったもの。冨田勲がシンセサイザーを使って作ったドビュッシーの世界、『月の光』。評判になったレコードです。気になるものには手を伸ばすわたしですから、レコード評を見ると、すぐに買いに行ったのでした。

部屋で針を下ろすと、未来の音楽を聴いているような、ここではないところで音が鳴っているような気がしました。夜、明かりを消してかけたりもしました。

その中に「沈める寺院」という曲がありました。水中に没した街の、古めかしい教会。そこから響いて来る鐘の音。

水が教会を閉じ込めるように、黒い音盤の中に音が沈んでいる。音が解き放たれると、教会の姿が見える。

ヴェネツィアもまた、時を経て、そのように——文字通りの水の都になるのでしょうか。教えられたように進んで、夕暮れのサン・マルコ広場に着きました。ここはヴェネツィアでも低いところです。それだけに水の様子を見たくなったのです。海の舌が陸をなめるように、水が寄せていました。満ち潮の時に置かれる、渡り廊下を作る台が用意されています。

幻ではない鐘の音が、響いていました。

5

ヴェネツィアといえばゴンドラ。でも、乗る気にはなれませんでした。

船着き場に並んでいる様子、それから漕ぎ手のゴンドリエレの洒落た姿は絵になります。だからこそ、あの悠長な乗り物は、むしろ乗るより、眺めるものに思えます。ヴェネツィアの一部、建物や橋の一部として。

わたしには、ここで過ごせる時間が三日しかない。その三分の二が、もう終わってしまいました。だから最後の自由行動の日も、ゴンドラでつぶすわけには行きません。何より二人でならともかく、一人のわたしがお客になっても、絵になりそうもありません。

北へと向かうヴァポレット、水上バスで島に行きました。

ガラス工芸のムラノ島、レース工芸のブラノ島などに行くのが普通ですが、わたしは途中のサン・ミケーレ島で降りました。

小説の『ヴェニスに死す』には、ちらりと名前が出て来ます。悪疫に覆われた街から死体の運ばれる墓場の島として。その印象が強いのは、子供の頃に読んだ『怪盗ルパン』のシリーズに出て来る、墓の並ぶ恐怖の島、あるいは絵画にある死の島のせいかも知れません。でも、怖いもの見たさとはちょっと違う。海に浮かぶそこに引かれる、説明し難い感情がありました。

ヴァポレットから降りたそこは、どこまでも墓が続きそれぞれに花の捧げられた、美しいところでした。よいお天気で、青い空と海の間に魂が安らいでいると思えました。永遠が、そこに眠っている。

帰りの時間が心配なので、まずヴェネツィア本島に戻るヴァポレットの立ち寄り時刻を調べると、あまり余裕がありません。三十分ほどで来てしまいます。

ストラヴィンスキーやエズラ・パウンドのお墓があるとは知っていましたが、それを探そうという気にはなりません。ただ、灰白色の墓の並ぶこの島に来てみたかった。ただ、そこにいるということが大事でした。海からの風が、花々を揺らしています。

信じられないほどの静寂、それを強調する小鳥のさえずり。美しく、そして怖い。

自分自身が、花の一本になって、揺れているようです。もうすぐ、ヴァポレットが来ると分かっているから、立っていられる。そうでないと、本当に、花になってしまいそう。そんな不思議な感覚。

6

フィレンツェからあとのことは、この手紙には書きません。あなたにあてて、これを書き始めたのも、イタリアに向かう時、ツアーの人達から、

——何十年後にはヴェネツィアが沈んでしまうかも。

と聞いたからでした。

おかしいですね。書き始めた時には、はっきり分かっていなかったのです。でも今は分かる。

この手紙は、ここで止めて、「ヴェネツィア便り」とすべきですね。とりあえずは、三十年後という時を、住所代わりにして封をします。もし、あなたがこれを読む時、ヴェネツィアがもうないなら、これは、水の底から届いた手紙ということになります。


——返信——

1

すっかり忘れていたのです。

整理しようというつもりもなく、本当にたまたま、昔のものの入った箱を開いたら、あなたの「ヴェネツィア便り」が出て来た。

——何だろう？

と、思いました。

怒ってはいけません。思いがけなく届いてこそ「便り」の意味があるというものです。手紙だけではない。二十代のあなたは、こんなこともしましたね。給料のうちから、十万円を抜いて、お札をくるくると丸め、カセットテープの紙箱の中に入れました。大金です。それを、引き出しにしまっておいた。忘れた頃になって、ふと見つけたら楽しいと思ったのです。

ところがわたしは、本当に忘れてしまった。

四十代になってからですよ、再発見したのは。古いカセットを整理しようと思って見つけたのです。最初は、

——何で、こんなものが？

と不思議でした。入れたのが丁度、福沢諭吉の一万円札の出た頃でした。その前のものだったら、不思議感はもっと強かったでしょう。

手にしているうちに、自分のしたことをじわじわと思い出して来たのです。でも、見つけてよかった。危険危険。あのまま、ゴミとして捨ててしまったらと思うとぞっとします。あなたが、そういうことをするのも、小学生の時、タイムカプセルという言葉を聞き、それが気に入ったからでしょう。過去からの贈り物、タイムカプセル。今はもう、そんな言

葉も聞かなくなりました。

その発想に引き付けられたあなただから、三十年後の自分宛てに手紙を書いたりもしたのです。何より、あの頃のわたしは、今よりずっと字を書くこと、手紙を書くことが好きでした。

それでね、こういうものを見つける時というのには、やはり神の摂理といったものがあるのですよ。わたしが、三十年ぶりにイタリアに行ってみようと思った、まさにその時、あなたの「ヴェネツィア便り」を手にしました。紙箱の中に、ちょこんと入っていたのです。

二十代のあなたが、そんなことをしてくれたのなら、わたしも応えよう、簡単には開くまいと思い、イタリアへの旅に出てから封を切りました。昔は十八時間かかったのですね。今は十一時間で着きますよ。三分の二。

それにしても、懐かしい。こんなものを書いてくれた自分にお礼をいいたい。忘れてしまった記憶の断片が、飛びつくようによみがえって来ました。

そうそう、何より、まずあなたが心配していたこと。

——お元気ですか。

思い出します。わたしが「ヴェネツィア便り」の相手として想定していたのは、ちょうど今頃、——五十代のわたしでした。

三十年後の《わたし》がちゃんと手紙を読める状態でいるかどうか、気になりますよね。大丈夫、大丈夫。元気です。

ちなみに三十年前は、ローヒールの靴でした。ちゃんと覚えていますよ。今回は、少しヒールのあるエナメルの長いブーツです。黒の短い丈のワンピースにワイン色のストール、薄手のニットジャケット……そう三十年前も、白いニットのアンサンブルでした。

——旅先なのでたためる服がいい、ニットだ！

という選択。当たり前かも知れないけれど、あまり趣味は変わっていません。一番変わったのは髪です。思い返せば、昔は髪が肩より長かった。今はショートボブ。五十になった時、切ったのです。

今、短い髪のわたしがミラノのホテルでこれを書いています。生あるうちに修復完成に間に合うのか、と心配していた「最後の晩餐」。出来上がった絵に、ちゃんと対面して来ました。

大きな部屋に鎮座していて、何だかわたしとダ・ヴィンチの距離が遠くなったようです。そんなことといったら、レオナルドさんから、

——もともと、近くないぞ。

といわれそうですけど。

三十年前に見た時の、工事現場を覗いたような、雑然とした様子が懐かしいです。

それから、マンテーニャ。スルーしてしまいました。ブレラ絵画館に、寄っている余裕がありませんでした。今回の目的は、ヴェネツィア再訪、前のように長いツアーではないのです。

縁のあるなしは、どうしようもない。この前、日本に帰った時には、十日も留守にして

いたつけで、仕事がわっと襲いかかった。上野に来ている「死せるキリスト」と、対面に行く気力もありませんでしたし、それはそれでいいと思いました。

わたしは、イタリアの地にあるマンテーニャの絵を見に行ったので、見ずにいるのもひとつの正解です。そう、正解って決してひとつではありませんからね。

そして今回、ミラノを通過しながら、ブレラ絵画館に寄らないのも正解。《木守り》っていうでしょう。柿とか蜜柑とかは、全部、実を取らない。わざと一つ残して置く。それが次の実りを呼ぶ、木守り。

満つれば欠くる、です。願いがかない過ぎると、後は下り坂。思いも、ちょっと残しておくのがいいのじゃないかしら。

2

ヴェネツィア、再び。

あなたは、ヴェネツィア中央駅と書いていました。はっきり、《昔はそうだった》というほどの記憶はないのですが、今はね——サンタ・ルチア駅といいます。比べると何だか、あられもないですね。

今回は、サン・マルコ広場の裏路地のホテルに泊まっています。

三十年前にはなかったゴンドラ乗り場が、あちこちに増えたような気がします。緑色のアーチが、そのしるし。前は目につかなかっただけかも知れませんが。

さて、ヴェネツィア再訪が三十年後になったわけを、少しお話ししましょう。それは、わたしが結婚し、やがて子供が生まれたからです。その子も成人し、手を離れたので、そろそろ出掛けようか――となったわけです。人生ですね。

夫も一緒に来るはずでした。でも、仕事の都合で、調整した日程では出掛けられなくなりました。そこで、やむなく一人の旅立ちになったわけです。

と書くと、若いあなたには興味シンシン、相手は誰と思うでしょう。あなたも知っている人ですよ。

あなたが、高校生の頃『ベニスに死す』の映画を観に行った――と書いていたでしょう。《映画案内の雑誌》というのは『ぴあ』ですね。あの頃、出ていた情報誌。ページの端に「はみだし　ＹｏｕとＰｉａ」とかいう、読者の投稿欄がありました。《「大きくなったら、何になりたい」といわれ、妹は「お嫁さん」と答えた。わたしは「そんなの誰にだってなれるのよ」と笑った。あれから二十年。そうではなかった》なんていうのが採用されていました。

切実というより巧いなあと舌を巻きました。皆が技を競っていた。そんな『ぴあ』を見て、『ベニスに死す』の再上映を知ったのです。名画座だから、いかがわしいところではないでしょう。でも、見知らぬ日本橋まで行くことになります。

評判の映画のロードショーを観に、友達と日比谷あたりに行くことならありました。それとはちょっと違う。迷っている時、クラスの男の子と『ベニスに死す』について話しました。放課後の立ち話でそうなったんです。すると、その子も、

――観たかったんだ、それ。

といい、一緒に行ってくれることになりました。親には買物といったような気がします。お客は数えるほどでした。映画館は狭い。真ん中の席にあなたが――って、わたしだけど――座った時、隣の女の人が肘掛けに置いていたものに腕が触れ、下に落ちました。

――すみません。

といったけど、睨んで来ました。あなたは「ヴェネツィア便り」に、そんなことは書かなかった。まあ、わざわざ手紙に書くようなことではありません。

さて映画が終わって、場内が明るくなると、女の人はその機械をいじり、

――あなたが落としたから、壊れてしまった。

といって来ました。小型のカセットテープレコーダーだったのです。映画マニアか、その監督――ヴィスコンティだったかな――のファンか、とにかく映画の音を録っていたようです。そういえば、録音用のテープを途中で交換しているようでした。

今は、映画館で上映の前に、

――ノーモア、映画泥棒。

という警告が出ます。上映作品を勝手に記録するのは犯罪です。でも、その頃はそんなことをする人など、まず、いませんでした。思ってもいない事態です。女の人は、音が録れていないというのです。

――本当に自分が壊したのなら、弁償しなくてはいけない。

と、あなたは思い、身を堅くしました。すると、脇から連れの男の子が口を出しました。

――僕、今、新品のカセットテープ持ってます。本当に偶然なのですが、彼は秋葉原でそれを買ったところだったのです。すうっと開封すると、

――これをそのレコーダーに入れて、マイクに向かって何かしゃべってください。普通に録れると思いますよ。今のレコーダーは、ちょっと落としたぐらいじゃ壊れませんから。

その通りにすると、ちゃんと録音出来、再生出来ました。

――でも、映画は録れていません。

――それはそうなんです、人間の耳と、レコーダーのマイクは違いますから。人間にはっきり聞こえても、マイクでは拾えないんです。ラインで繋ぐか、スピーカーの前に、マイクを直接おかないと入らない。普通は無理です。静かなところで再生すると、遠くの音として、ごく小さく入っているはずです。

そして、駄目押しのように付け加えました。

――僕、放送部なんです。

女の人は不満そうでした。でも彼女の連れの男の人は、どういうわけか彼を気に入ったようです。妙に嬉しそうな顔で、彼を見ていました。そして、すんなり、

――分かりました。

と、頷きました。

彼は自分の名前と住所と電話番号を紙に書き、

――機械が本当に壊れていたら、ここに連絡してください。

その場は、これで無事に収まりました。外に出てから、あなたは聞きましたよね。

——放送部じゃないよね。

——うん。でも、いったことは正しいから。

彼は大きな《本当》に説得力を与えようと、いかにも高校生らしい小さな嘘を添えたのです。あなたのために。

血液型占いに科学的根拠はない——というテレビ番組を見て、そう思っていたあなたですが、思わず聞きましたね。

——何型？

彼は、答えました。

——A型。

だからといって、これで二人が親しい仲になったわけではありません。それは、よく知っていますね。要するにまあ、ただそれだけのこと——でしたね。

再会したのは、あなたのヴェネツィア旅行が終わった次の年だったかな。同窓会があって、

——あの時は、ありがとう。

——いやいや。

なんてやり取りがあり、それからまあ、いろいろとあったわけです。

この人なら間違いないかも、と思い、結婚することになりました。それ以来、共働きで、なんとかここまでやって来ました。

ですからブレラ絵画館へは、何年か後に、彼と行きたいと思います。

3

朝五時の鐘で目が覚めました。それだけ、サン・マルコ寺院に近いということです。

朝食は七時から。こんなところに泊まれたのだから、その前に誰もいないサン・マルコ広場を歩いて来たいと思います。

帰って来ました。

六時で明るいと思ったら、ライトアップされていたのです。建築の装飾が、はっきり見えました。人工の光の退場と、朝のそれの登場。光の入れ違う広場を歩くのは、なかなか得難い体験でした。広場の全体が、音楽が高鳴るようにくっきりとして来ます。

　朝もやのただよう広場を、ウィンドブレーカーを着た早朝ランナーが、音もなく走り抜けて行きました。勤め先に向かう人達の姿も見えます。日本の住宅地で、普通にある眺め。観光地らしからぬ、ヴェネツィアの素顔を見たようです。

4

ヴァポレットに乗り、波を分け、サン・ジョルジョ・マジョーレ島に来てみました。

外見こそ同じようでしたが、教会は現役引退したようです。三十年経った今は、歴史的建造物になったらしい。礼拝堂の中まで入れて、歩き回ることも出来ます。鐘楼に続くエレベーターは昔のままでした。あの時の、ローマ法王のようなおじいさんに会いたいと思いました。

この手紙は、夜のホテルではなく、昼の鐘楼の上で書いています。手すりに手帳を開き、そこに書き付けています。

気持ちのいい晩秋の風が吹いています。アドリア海を渡る潮風。

絶景です。

ここから見ると運河を隔てて、ヴェネツィアの街の赤レンガ色の屋根が、あなたが見た時と同じように、数限りもなく広がっています。

変わらないこともあれば、変わることもある。

サン・マルコ広場の方に向かって岬のように突き出した海の税関、プンタ・デラ・ドガーナ。十七世紀の由緒ある建物です。それが二十一世紀に入って、日本の建築家、安藤忠雄の手により、現代美術館に生まれ変わりました。

安藤は昔のレンガを生かし、建物の外観を残しました。そして内部にコンクリートの箱を埋め込むようにして、美術館を作ったのです。

思えば、二十代のあなたが、三十年後の自分に手紙を書いたのは、五十代という、得体の知れないものへの怖れからですね。

小説『ヴェニスに死す』は、主人公が五十歳で貴族の称号を得た――と始まっています。

どうも彼は、五十代のように思える。

あなたは、ヴェネツィアには光と影が、美と終末があると思った。時の道を歩いて行くことへの怖れがあった。

今、わたしはヴェネツィアのお店で、

——ヴォンジョルノ・マダーム。

と、声をかけられます。そりゃあそうですね。あなたの「ヴェネツィア便り」を読むと、マダムの口元には、若かった自分への愛情をこめた微笑みが浮かびます。

トーマス・マンが『ヴェニスに死す』を書いたのは、三十代の時でした。その頃には、きっと五十代は、夜とはいわないまでも黄昏時に思えたでしょう。

定点は、常に自分にある。だから老境は、いつも自分より先にあるのです。

今、澄み渡った空のもと、左手にプンタ・デラ・ドガーナの、カットケーキのような三角の先が、わたしの方を向いています。十七世紀の肉の中に、二十一世紀の血を脈打たせる美術館が、そこにある。

あなたの「ヴェネツィア便り」は時を越えて、わたしに届きました。わたしの内にあなたがいる。だから、この手紙も、若いあなたに届くと信じます。

これがわたしの「ヴェネツィア便り」です。ヴェネツィアは、今、輝く波に囲まれ、わたしの目の前にあります。

沈んではいません。

麝香連理草	「小説新潮」２０１１年１月号
誕生日	「小説新潮」２０１４年８月号
くしゅん	角川文庫『９の扉』２０１３年11月
白い本	「図書設計」２０１３年　№85〈12月刊〉
大ぼけ　小ぼけ	「西の旅」２００８年夏号
道	「趣味人倶楽部（しゅみーとくらぶ）」２００９年７月、８月号
指	新潮文庫『眠れなくなる夢十夜』２００９年６月
開く	「小説新潮」２０１２年８月号
岡本さん	「小説新潮」２０１３年８月号
ほたるぶくろ	「オール讀物」２０１２年８月号
機知の戦い	「小説新潮」２０１２年５月号
黒い手帳	「yom yom」２０１１年４月・第20号
白い蛇、赤い鳥	「小説新潮」２０１４年１月号
高み	「yom yom」２００９年３月・第10号
ヴェネツィア便り	「小説新潮」２０１７年３月号

北村薫（きたむら・かおる）

一九四九年埼玉県生まれ。早稲田大学ではミステリ・クラブに所属。母校埼玉県立春日部高校で国語を教えるかたわら、八九年、「覆面作家」として『空飛ぶ馬』でデビュー。九一年『夜の蟬』で日本推理作家協会賞を受賞。小説に『秋の花』『六の宮の姫君』『朝霧』『スキップ』『ターン』『リセット』『盤上の敵』『ニッポン硬貨の謎』（本格ミステリ大賞評論・研究部門受賞）『月の砂漠をさばさばと』『ひとがた流し』『鷺と雪』（直木三十五賞受賞）『語り女たち』『１９５０年のバックトス』『いとま申して　「童話」の人びと』『慶應本科と折口信夫　いとま申して２』『飲めば都』『八月の六日間』『太宰治の辞書』『中野のお父さん』『遠い唇』などがある。読書家として知られ、『詩歌の待ち伏せ』『うた合わせ　北村薫の百人一首』『謎物語』『ミステリは万華鏡』『読まずにはいられない　北村薫のエッセイ』『書かずにはいられない　北村薫のエッセイ』『愛さずにいられない　北村薫のエッセイ』など評論やエッセイ、『名短篇、ここにあり』『名短篇、さらにあり』『とっておき名短篇』『名短篇ほりだしもの』『読まずにいられぬ名短篇』『教えたくなる名短篇』（宮部みゆきさんとともに選）などのアンソロジー、新潮選書『北村薫の創作表現講義』、新潮新書『自分だけの一冊　北村薫のアンソロジー教室』など創作や編集についての著書もある。

ヴェネツィア便《だよ》り

二〇一七年一〇月三〇日　発　行

著　者……北村《きたむら》　薫《かおる》

発行者……佐藤隆信

発行所……株式会社新潮社
東京都新宿区矢来町七一
郵便番号一六二-八七一一
電話　編集部〇三-三二六六-五四一一
読者係〇三-三二六六-五一一一
http://www.shinchosha.co.jp

印刷所……大日本印刷株式会社

製本所……大口製本印刷株式会社

乱丁・落丁本は、ご面倒ですが小社読者係宛お送り下さい。
送料小社負担にてお取替えいたします。
価格はカバーに表示してあります。

ISBN978-4-10-406613-1 C0093

1950年のバックトス　北村　薫

秘めた心が解き放たれる一瞬。人から人に手渡され、人と人をつなぐ想いに胸が熱くなる――さまざまな想いの軌跡、謎に満ちた人の心の機微を、こまやかに辿る23篇。

飲めば都　北村　薫

仕事に夢中の身なればこそ、タガが外れることもある――文芸編集者小《こ》酒井都《さかいみやこ》は、日々読み、日々飲む。思わぬ出来事、不測の事態……酒女子必読のリアルな恋の物語。

太宰治の辞書　北村　薫

編集者として時を重ねた《私》は太宰治の「女生徒」に惹かれ、その謎に出会う。円紫さんの言葉に導かれて本を巡る旅は、創作の秘密の探索に――《私》シリーズ最新作。

うた合わせ
北村薫の百人一首　北村　薫

短歌は美しく織られた謎……言葉の糸を解《ほぐ》して、隠された暗号に迫る、自由で豊かな解釈の冒険。独自の審美眼で結ぶ現代短歌五十組百首。歌の魔力を味わう短歌随想。

読まずにはいられない
北村薫のエッセイ　北村　薫

書物愛と日常の謎の多彩な味わい。作家になる前のコラムも収録。人生の時間を深く見つめる《温かなまなざし》に包まれて読む喜びを堪能できる読者人必携の一冊。

書かずにはいられない
北村薫のエッセイ　北村　薫

ふと感じる違和感や記憶の底の事物に《謎》をみつける作家の日常に、《ものがたり》誕生の秘密を知る――当代おすすめ本書評も多数収録、読書の愉悦を味わえる一冊。